# Tak

Jeg vil gerne sige tak til min familie og venner, for at have støttet mig i at skrive denne bog.

Uden jer ville dette ikke have været muligt.

Mange tak

# 01: "Stukket af."

## Saskia

Vi startede i England. Nicole og jeg gik i college på daværende tidspunkt, hvor vi allermest havde lyst til at dræbe hinanden. Jeg var den grove, med sarkastiske bemærkninger og en attitude, du ville hade.

Hun var typen der tænkte på andre, fremfor hende selv, og var en lille smule barnlig.

Hun var den gode pige, hvor jeg derimod var en, som folk gerne ville begrave i skoven. Hvor vi dog hadede hinanden. Da vi var børn, var vi bedste venner. Den historie kunne komme senere.

“Saskia! Få din fod ud af mit ansigt. Nu!” Råbte Nicole. Vi sad fast i et skab, fordi nogle knægte i skolen synes det var sjovt. På dette tidspunkt ville vi stadig gerne dræbe hinanden, men vi havde dog besluttet først at forlade England. I stedet for, ville vi gerne til Australien. Måske var det slet ikke så slemt derovre? Vi vidste godt at det var 2 år siden ‘krigen’ startede, men igen kunne den have ramt Australien? Måske var vi sikre der. Alt jeg ville, var at overleve.

Vi ville endelig slippe væk fra de magtsyge tumper, kendt som kongen og hans ‘undersåtter.’ En krig havde nemlig brudt ud, 2 år tidligere. Ingen af os vidste, hvad der var sket, men alle der havde den mindste smule magt i England, var blevet magt syge. De jagtede simpelthen alle og enhver.

“Jeg undskylder mange gange! Jeg vidste ikke at Cassidy og hans venner ville låse os her. Når jeg kommer ud, slår jeg ham ihjel!” Skreg jeg. Jeg hørte hende sukke, og kunne lige forestille mig, at hun rullede sine øjne af mig.

“Hold op med at være så snerpet hele tiden, og så kan det være de lukker os ud. Ellers dør vi herinde. Selvom jeg ville sætte stor pris på at du flyttede din irriterende fod fra mit hovede. Den STINKER! Jeg kan finde på at brække den!" Denne gang var det mig der rullede øjne af hende.

"Hvem er nu den snerpede af os to? Stop med det, jeg ser en udgang. Hvis jeg får os ud herfra, får du jobbet som hedder; Få os ud af England."

"Min mor og far har en helikopter, hvis det kan bruges." Jeg gloede olmt på hende, på grund af hendes 'rige pige' attitude. Jeg lagde mærke til at der var et lille lys, som sikkert kom fra et nøglehul i skabsdøren. Jeg tog derefter den første ting der mindede mig om en lille skarp genstand, som 'desværre' blev hendes hårnål. Den hårnål, hun brugte til hendes 'perfekte' hestehale. Hun skreg højt da jeg tog den, som kun fik mig til at grine højt.

"Rige pige… Købte din moar og far den til dig?" Mumlede jeg stille, mens jeg sukkede højlydt efter.

"Undskyld mig? Bare fordi jeg er elsket? Er du ikke det?" Det ramte mig hårdt. Siden jeg startede med at være oprørsk, har mine forældre fjernet mig fra testamentet. Rettelse, jeg begyndte først på det, da min far forlod os, og min mor begyndte at tage stoffer og drak som om livet gjaldt om det.

“Hold da kæft!” Jeg huskede derefter noget. “Hvorfor tog det dig så lang tid af fortælle mig at du havde en udvej fra England til os?” Spurgte jeg hende, mens jeg trykkede min pegefinger hårdt ind i hendes kraveben.

“Fordi jeg troede du ville lade som om du var min bedste ven, da jeg sagde det.” Alle gør det, og jeg er træt af det.” Jeg tog en dyb indånding og rystede på mit hovede.

“Jeg er langt fra sådan... Jeg er også fuldkommen ligeglad. Jeg hader rige mennesker forresten.” Hun lagde sin hånd på sit bryst, og gispede falsk.

“Av! Det gjorde ondt. Så du hader mig hva?” Men du er forelsket i Jordan og er også rig… Forresten, hvordan kom du egentlig ind her på skolen?” Spurgte hun ud i den blå luft. Jeg rystede bare på hovedet, og rakte op på nogle hylder. Jeg var målbevidst, og målet var at komme ud herfra.

“Jordan er anderledes. Han kom ind på skolen ligesom mig. Vi er kloge og vores forældre har ikke købt os vej ind. Og desuden…” Begyndte jeg. “Jeg hader det faktum at han har penge. Vil du nu lade min kæreste være i fred?” Råbte jeg lige ind i hendes ansigt, skubbede hårnålen ind i nøglehullet, drejede den et par gange, og lige pludselig gik skabsdøren op. Alt der var brug for; en hårnål… Vi faldt ud af skabet, på grund af den måde vi stod på, jeg stoppede Nicole på vejen op igen og holdte hende hårdt op af væggen. "Hør godt efter prinsesse. Når vi kommer til Australien, er vi færdige med hinanden. Okay?" Hun nikkede bare, og så slap jeg hende. Jeg forlod derefter gangen, og gik ind i klassen, for at sparkede Cassidy og hans venner i skinnebenet, før jeg gik udenfor skolen. Hun fulgte snigende efter, og stoppede mig.

"Vi kan rejse i aften, jeg ved hvordan man flyver en helikopter. Jeg svarede med et hurtigt nik, og tog en cigaret ud af min lomme. Jordan kom ud af bygningen kort tid efter, og der havde jeg brug for et svar.

"Jord… Vi smutter i aften. Kommer du med?" Han trak på skuldrene og sukkede derefter. Jeg var næsten sikker på at vi skulle være sammen for evigt. At have følelsen af at der er en, der vil slå op, er aldrig fed.

"Uh… Faktisk… Så nej. Jeg tager ikke med jer. Min mor har købt fodboldbilletter til mig, til i aften." Normalt ville piger surmule og begynde at græde, men jeg tog et sug af min cigaret, pustede ham forsigtigt i ansigtet, vippede mit hovede til den ene side. Det jeg gjorde, chokerede ham. Jeg slog ham direkte i ansigtet. Han faldt på bagdelen, og kiggede direkte på mig.

"Vi er ovre Jordan Hammerstone!" Fortalte jeg ham, mens jeg begyndte at gå væk. Han begyndte derefter at tale til mig. Jeg hjalp ham ikke engang op, jeg var færdig!

"Jeg elsker dig stadig!" Råbte han efter mig. Jeg vendte mig rundt, kiggede ham dødt i øjnene.

"Du har aldrig lyst til at gøre noget, som jeg vil!"

"Jeg har lyst til at gå til en skide fodboldkamp! Det er alt!" Han kiggede ned, og mumlede noget utydeligt.

“Hvad sagde du?” Spurgte jeg, mens jeg gik tættere på ham.

“Måske har du ret. Jeg tænker aldrig på dine følelser.” Forklarede han, mens han kiggede på mig med et ansigt, der ikke var ked af at slå op.

“Nu er vi i hvert fald ovre!” Jeg sluttede denne trælse samtale, med det sidste jeg havde at sige. Jeg gik derefter over til Nicole og kiggede på hende. “19.00 præcist. Ikke tidligere, og ikke senere.” Jeg vendte mig rundt og begyndte at gå hjem, idet hun spurgte mig om noget.

"Hvad med Jordan? Kommer han også med?" Jeg fortsatte med at gå.

"Jordan hvem", grinede jeg bare tilbage, og fortsatte med at gå hjemad.

## Nicole

Jeg kom hjem, og som sædvanlig var mine forældre ikke hjemme. Det var de næsten aldrig. De gik glip af mine første skridt, den første tand jeg tabte, og selvfølgelig vidste de intet om helikopter lektionerne. Mens jeg blev 19 i næste måned, har jeg været opdraget af en au pair, barnepige om du vil. For omkring

17 år af mit liv, har hun været der for mig, når de ikke var. Jeg fandt nøglerne i min fars hjemmekontor, og løb ovenpå for at pakke det vigtigste. Jeg tog penge, og tøj med. Intet andet var egentlig vigtigt, undtagen min telefon som jeg altid havde i lommen. Jeg løb til min bærbar, for at se om jeg havde en besked på Facebook.

"Mærkeligt." Mumlede jeg til ingen. Saskia havde sendt mig en venneanmodning, hvilket jeg ikke kunne se grunden til, når man tænker på at hun og jeg hadede hinanden. Jeg trykkede accepter, og snart havde jeg en besked.

Saskia: ‘Ved du hvordan man er stille, for jeg overvejer at sove hele vejen…’

Nicole: ‘Selvfølgelig, men jeg ville rigtig gerne snakke med dig, mens vi er over havet.’

Saskia: ‘Vi lavede en aftale… Vi skulle ikke tale sammen.’

Nicole: ‘Nej du sagde intet om, mens vi fløj derover. Der er forskel, fra det, til hvad du sagde.’

Saskia: ‘Fint… Min mor er en idiot lige nu, så jeg er nødt til at gå.’

Nicole: ‘Prøv at være lidt sødere?’

**Saskia: 'Jeg vil overveje det.'**

Med det, loggede hun af. Den overvejelse blev sikkert aldrig til noget. Jeg ventede indtil klokken slog 18:30, og så besluttede jeg at fortælle hende, hvor vi skulle mødes, så vi kunne flyve væk. Jeg loggede ind på facebook igen, og så hun ikke var online, så i stedet prøvede jeg at sende hende en besked. Jeg håbede hun ville se den, da jeg gik ind i beskeder, så jeg at jeg havde modtaget en fra hende.

**Saskia: 'Little Compton Street 12. Find det og hent mig. Eller lad være. Det er ikke vigtigt om du gør eller ej, men gør du, så**

**fortæl ikke min mor hvad helvede vi har gang i.'**

Jeg besluttede mig for ikke at svare, og tog i stedet alt jeg havde pakket, sammen med nøglerne. Jeg gik den lange strækning hurtigt og var både forpustet, og træt da jeg ankom. Jeg havde brug for et øjeblik eller to, til at få vejret i. Efter det ringede jeg på døren og en kvinde åbnede døren. Det så ud som om, hun var omkring de 50.

"Hvem er du?!" Spyttede hun, hvor jeg derimod, prøvede ikke at indånde lugten af alkohol.

"En ven af Saskia. Er hun her?" Hun rullede sine øjne, så man kunne se det hvide i dem, var blevet rødligt. Efter det trådte hun til side.

“Oprøret er ovenpå.” Jeg begyndte at få ondt af hende lige pludselig, på grund af den måde hendes mor var på. Hun måtte have levet i et helvede.

“Tak, frue.” Svarede jeg smilende og høfligt, men gik forbi hende sukkende. Jeg gik op til Saskia’s værelse, og bankede på. Før døren åbnede, kunne man høre en masse ting falde på gulvet. Hun åbnede døren, med en taske på sengen bag hende. Hun kiggede intenst i mine øjne, hvortil hun gryntede: “Kom ind hurtigt.” Jeg gik ind og hun smækkede døren i efter mig.

“Har du sagt noget?” Jeg rystede hurtigt på hovedet, og hun trak vejret dybt. “Gud ske tak og lov. Hun ville sikker slå mig ihjel for det. Så.... Jeg ser en dyr taske.” Nikkende, kiggede jeg rundt i værelset. Jeg indså hurtigt hvorfor hun var sådan. Stedet var et rod, og hendes mor det samme. Forfærdeligt. Jeg satte mig på sengen, og så hende gå rundt, kiggede i skuffer og pakkede ting ned.

“Har du noget at drikke?” Hun pegede på en øldåse på bordet, og jeg rynkede på næsen. Jeg tænkte lidt på, hvor længe den mon havde stået der på bordet.

"Jeg har ikke brug for dig, så når vi når Australien, forlader jeg dig." Jeg kiggede ned. "Jeg har ikke brug for nogle overhovedet." Fortalte hun mig.

"Hvordan kommer vi ud af dit værelse?" Spurgte jeg mens jeg kiggede mod døren. Hun sukkede og vendte sig rundt.

"Har du nogensinde klatret ned af en brandtrappe? Fordi du falder ned, hvis du ikke har." Jeg grinede forsigtigt, og nikkede.

“Det har jeg. Ligesom jeg har taget flyvetimer, og karate lektioner.” Hun havde øjne på stilke da jeg sagde det, og så grinede hun bare.

“Så du er sej. Bare synd at du stadig er et rigt barn, fordi det betyder, ingen håb for os.” Forklarede hun mens hun blinkede. Jeg vidste overhovedet ikke hvad det betød.

“Jeg har aldrig været lige herinde før.” Mumlede jeg, mens jeg håbede hun ikke hørte det.

“Selvfølgelig har du ikke det. Det har ingen. Mærkelige…” Pis hun hørte mig. Jeg sukkede og kiggede rundt i rummet en gang mere. Det var fyldt med plakater af rockbands, tomme pizzabakker, chipsposer, og en masse tøj smidt rundt. "Jeg ventede ikke ligefrem gæster heroppe, så jeg har ikke gjort rent.

"Nu eller aldrig?" Spurgte jeg.

"Jeg kan ikke lide mennesker. Jeg er ikke en menneskeelsker." Jeg løftede et øjenbryn og skulle til at sige noget om Jordan, men hun stoppede mig inden. "Jordan er anderledes. Han var min kæreste, men han besøgte mig aldrig. Jeg kan ikke lide folk er her. Du har mødt min mor, så du ser hvorfor…" Jeg nikkede stille og forsigtigt, før jeg huskede på hvordan hun var.

"Hvordan endte det sådan? Jeg mener, det har aldrig været sådan…" Hun åbnede vinduet og smed sin taske ud på brandtrappen. Jeg rejste mig op, strækkede mig og fulgte derefter med hende, med min taske. Vi kom ud på de små, usikre trapper, og hun klatrede ned, hvor jeg klatrede lige efter. Da vi kom ned, kiggede hun kort på mig og vi begyndte at gå.

"Jeg ved ikke hvad du taler om, jeg kender ikke dig og du kender ikke mig." Hvæsede hun igennem sammenbidte tænder, mens vi gik ned af den tomme gade. Vi ankom til helikopteren, og satte os ind. Det var koldt så jeg havde svært ved at låse den op. Vi spændte os fast, og gjorde klar til vores tur. Da vi var i luften, begyndte jeg igen at tale til hende.

"Saskia? Kan jeg tale med dig et øjeblik?" Først troede jeg at hun ikke hørte mig på grund af larmen og høretelefonerne, men jeg kiggede på hende og så hende kigge ud over byen, da vidste jeg at hun ignorerede mig. "SASKIA! Svar mig!" Hun kiggede direkte på mig, med sammenknebne øjne.

“Jeg sagde jo at jeg ikke ville tale. Men jeg skal nok lytte hvis det er så vigtigt.” Jeg nikkede og besluttede at det var tid.

“Vil du have min historie? Nej ved du hvad ikke svar… Jeg fortæller dig det alligevel. Vi var bedste veninder i børnehaven, og vi hang altid ud i dit hus eller mit. Du ved det hus du boede i før? Jeg ved at jeg er en rig pige, men jeg kan ikke lide at være sådan. Jeg hader det faktisk. Desuden har jeg altid været misundelig på dig, din mor har nemlig ikke altid været sådan. Der var engang hun var kær, dejlig og alt jeg ville have var det. Mine forældre er aldrig hjemme. De gik glip af mine første skridt, at jeg tabte min første tand, og endda dette. Jeg er opdraget af en barnepige." Hun kiggede på mig med store øjne, og med munden åben.

"Du er misundelig... På mig? Er du seriøst jaloux?! Min mor er en alkoholiker, fordi min far mistede hans job for flere år siden og forlod os. Hvordan kan du være jaloux? Jeg... Jeg husker at vi var bedste veninder."

"Hvordan kunne du glemme det?" Hun kiggede ud af vinduet igen, og tog en dyb indånding.

“Da min far forlod os, valgte jeg at droppe alle chancer jeg havde for et normalt liv. Derfor er jeg som jeg er. Mor blev en alkoholiker, og jeg besluttede mig for at glemme min fortid. At glemme dig.”

“Åh… Jeg undskylder mange gange, at jeg ikke vidste det.” Hun sukkede dybt efter sit udbrud, og kiggede på mig.

“Det er fint…” Vi snakkede sammen resten af vejen, og flere timer senere landede vi i Australien. Men det var langt fra som vi havde håbet. Det var værre end England.

# 02: "Australien."

## Saskia

Alt gik galt da vi landede. Fra minuttet vi kom ud af helikopteren, til at vi var omringet af vagter. Der var kun en ting at gøre.... Løbe! Vi løb indtil vi kom til en gyde. Jeg kunne ikke efterlade hende nu. Bare den måde hun stod foroverbøjet for at få luft, og havde fat i hendes knæ, gjorde mig utilpas. Jeg sukkede og lænede mig op af væggen. "Hey det er cool, vi er sluppet væk. Har du høretelefoner til din telefon?" Jeg så hende bevæge hovedet til et ja,

og hun gav mig det hele.
“Kodeord?”

“6587.” Jeg tastede det ind og fandt radioen, puttede høretelefonerne i ørene og tændte. Vi ventede indtil vi havde den rigtige frekvens.

‘Virussen har spredt sig. Ifølge engelske autoriteter, startede den der. Nu er den her. Alle der ikke er Australske, vil blive jagtet, fanget og muligvis dræbt. Ikke Aussies er immigranter. Dette er Rod Stewart på nyhederne.’ Nicole gispede og tog fat om min hånd.

“Er vi immigranter?! Hvad dælen er der galt?” Jeg sukkede dybt og faldt til jorden.

“Vi har brug for et sted at være.” Hun satte sig ved siden af mig og kiggede intenst på mig.

“Hvad blev der af ‘Jeg forlader dig når vi når Australien.’?”

“Jeg ændrede mening… Du kan ikke være alene i øjeblikket. Vi er begge hjemløse og immigranter, og jeg ret sikker på at der er flere derude. Så lad os komme væk… Hvad siger du? Vi finder et varehus eller en tom kælder, at gemme os i. Være sikre. Er du med?" Hun kiggede på mig og nikkede. Det næste hun gjorde chokerede mig. Jeg fik det største kram nogensinde, som fik mig til at smile for første gang i lang tid.

"Jeg er med. Lad os gøre det! Kom så!" Vi gik ud af gyden, og sneg os ned af gaden. Vi besluttede os  for at prøve at blende ind, så hver gang en vagt kom forbi, sagde vi ingenting, vi nikkede bare og smilede af dem. Det virkede og snart havde vi fundet det sted vi manglede. En tom kælder. En stormkælder faktisk. Jeg knækkede låsen på døren og vi gik ned i den. Efter vi lukkede døren, satte vi os rundt om et firkantet bord, som vi fandt under et dække.

"Så hvad gør vi nu 'rige pige'? Drillede jeg hende roligt, hvilket bare fik hende til at rulle med øjnene af mig.

"For det første. Ikke kald mig rige pige. Fra i dag af er jeg ikke længere et rigt barn. Jeg er et normalt barn ligesom dig. For det andet, tænker jeg at vi skulle blive her." Jeg trak en dyb indånding og lænede mig tilbage i en havestol.

"Gad vide hvis kælder dette er. Lige nu er vi som sagt hjemløse migranter, men vi skal nok overleve. Det lover jeg dig." Hun kiggede på sine hænder. Jeg kunne mærke frygten i hende og det fik mig til at tage hendes hænder i mine. "Jeg lover dig Nicole Abbott at vi overlever dette. Vær ikke bange."

"Hvordan er du så rolig? Jeg mener, at du ryster ikke."

"Tro mig, indeni ryster jeg som en lille chihuahua, men ellers er jeg sikker på at vi overlever. Og at vi får virussen brudt ned! Derfor er jeg så rolig." Fortalte jeg hende. Hun grinede og lænede sig tilbage.

"Vi har brug for mad dog." Efter hun sagde det, kiggede jeg rundt og tændte lidt mere lys, jeg så dåsemad, så jeg tog et par, og tjekkede datoen. De var stadig gode.

"Vi har ferskner på dåse, og tørret kød på dåse." Hun rynkede på næsen, og jeg trak på skuldrene. "Det er godt, og du har brug for din næring, så jeg foreslår, spis min gris." Hun fniste og nikkede.

"Okay. Det smager måske dårligt, men jeg giver det en chance." Det endte med at vi sad og spiste, og bare grinede af ingenting overhovedet. Vi havde det godt. Dette ville blive interessant.

# 03: "Immigranter."

## Nicole

Jeg vågnede tidligt på grund af skud udenfor, og jeg har virkelig aldrig været så bange i hele mit liv. Jeg kiggede over på den anden side af madrassen for at finde Saskia, men hun var der ikke. Først troede jeg at hun havde forladt mig, indtil hun lige pludselig kom stormende ned. Jeg skød op af madrassen og bevægede hendes hovede frem og tilbage.

"Hvad kigger du efter?" Spurgte hun mig af grinende.

“Skudhuller. Blev du ikke skudt?” Hun rystede på hovedet, og smilede. Jeg så derefter et våben i hendes lomme og hun sendte et endnu større smil.

“Jeg stjal en pistol. Og så har jeg fortalt andre immigranter hvor vi er. Jeg sagde jo i går at vi ikke var de eneste.” Jeg grinede og kiggede på hende. Hun gav mig pistolen og gik hen for at falde ned på madrassen og sove. Vi havde fundet madrassen bagerst i kælderen, som så også havde et ulækkert toilet. Jeg kiggede på pistolen og lagde den hurtigt fra mig. At være den nemt skræmte pige, fandt jeg det meget mærkeligt at holde en pistol. Jeg havde aldrig skudt eller gjort nogen noget. Kun brækket et par næser, på nogle fyre, men det var mest ved at spænde ben for dem eller lignende. Intet ud af det ordinære. Jeg har heller aldrig haft en kæreste som jeg har elsket. De fleste var arrangeret af mine forældre, fordi det syntes det ville være sødt, men måske var det på tide at ændre det og endelig være som alle andre piger. Jeg kunne finde min egen kæreste, fordi det har jeg ikke brug for de gamle til mere. Jeg er ikke længere en prinsesse.

"Hey prinsesse!" Jeg vendte mig om i irritation og jamrede mentalt.

“Ja…?”

“Har du kampe med dine tanker lige nu? Jeg tror -“ Hun blev afbrudt af en banken på døren. Jeg tog pistolen med det samme, og pegede den mod døren. Jeg hørte en lav kluklatter og gloede bag mig. Saskia holdte en hånd ud og jeg gav hende forsigtigt pistolen. “Jeg må hellere vise dig hvordan man bruger den, inden du slår dig selv ihjel, eller værre; mig.” Hviskede hun. Hun holdte den fast i hendes hænder før hun tog et skridt fremad, derefter åbnede hun døren stille og roligt. Jeg gispede da jeg så en person dækket af blod. Jeg så næsten intet andet rundt omkring ham, på grund af mørket. Det virkede som om en sky af rædsel had dækket himlen og gjort det mørkt om morgenen.

"Hjælp mig! Vær søde!" Personen hviskede. Jeg bed mig selv i læben før jeg kiggede kort på Saskia. Hun studerede dette menneske som om hun skulle til at angribe. Hun trak ham indenfor og lukkede døren langsomt, stirrede på mig.

"Kan du tage dig af hans sår, mens jeg udfritter ham." Spurgte hun. Jeg vidste godt hvem af os der tog lederskab. Hende.

“Skulle vi nu ikke lige vente lidt med spørgsmålene og lade-“ Jeg gloede på ham og han hostede.

“Mit navn er Simon. Jeg kan fortælle jer hvorfor jeg er her dog. Vil i gerne vide det?” Jeg nikkede og begyndte at tørre blod af hans ansigt og toppen af hans hovede.

“Fortsæt. Jeg vil vide alt. Du er ikke Australier vel?” Svarede hun mens hun doblede op med et spørgsmål.

“Jeg ville ikke være blevet angrebet hvis jeg var. Jeg kommer fra England. Derfor også accenten. Jeg kom for at studere med mine venner, da vi så var i lufthavnen i går uden vores pas, og pludselig blev vi angrebet. Jeg blev skudt igennem armen, og prøvede at slippe væk. Jeg slap kun væk her til morgen, fordi jeg gemte mig i en busk, men min arm gjorde alt for ondt. Og så havnede jeg her. Jeg er sikker på at mine venner også slap væk. Jeg vil ikke skade jer. Er i også her ulovligt?" Saskia sukkede og nikkede. Jeg tog et hurtigt men forsigtigt kig på hans arm, og så tøjrester bundet om den. Jeg fældede en tåre, og tog hans tøj rest af hans arm, mens han lavede en nervøs trækning. "Jeg opfanger nogle britiske accenter der også…" Han smilede mens han kiggede på Saskia og blinkede til hende.

“Jeg er fra Yorkshire. Dine venner, siger du? Så er de sikkert stadig derude et sted. Har du nogen form for kontakt til dem? Altså en telefon eller noget?” Fiskede hun. Han smilede og tog sin mobil frem. Han tastede hans kode ind, og rynkede derefter på panden.

“Jeg har intet signal. Kan det være fordi vi er hernede?” Jeg rystede på hovedet.

“Nej jeg havde signal her i aftes, og der var vi også hernede.” Forklarede jeg, mens jeg så ud som om jeg havde spist citron. Saskia rejste sig op og vandrede utålmodigt frem og tilbage.

“De må have afbrudt signalet eller noget helt andet. Jeg har brug for en cigaret til at tænke med. Tror i det er sikkert at gå ud?” Spurgte hun os. Jeg trak bare på skuldrene.

“Altså det er mørkt. Og jeg sagde jeg slap væk. Hørte du overhovedet efter?”

“Det gør hun aldrig.” Fortalte jeg grinende. “Men hun ændrer sig nok en dag.” Hun kiggede på mig med store øjne.

“Mig? Undskyld mig, har du mødt mig?” Hun løftede et øjenbryn, startede på at fare rundt i kælderen, som en stukket gris, for at finde en lommelygte. Jeg færdiggjorde Simons arm med et stykke tøj jeg fandt i en af vores tasker. Hvem det tilhørte vidste jeg ikke, men det lignede ikke mit.

“Skal jeg gå med? Vi kan smutte forbi en kiosk, forfalske en accent og købe noget at spise, medmindre i har noget?

“Det har vi. Dåse ting.” Sagde jeg og grinede desværre højlydt efter, mens han sikkert krummede tæer.

“Så er det kiosk. Hvis du er klar på det?”

“Jeg har brug for smøger, og så er jeg tørstig. Så vi skal have noget at drikke med. Hvad med dig Nicole? Bliver du?” Spurgte hun mens hun gjorde sig klar.

“Jeg bliver her. Stjæl nogle walkie-talkies, hvis i kan. Uh og kig efter Simons venner.”

“Det var en god idé. Vi er tilbage ved morgengry tidligst.” Fortalte hun mig. De tog huer på og klatrede op til døren og ud. De gik fra mørket igen, muligvis med at risikere deres liv, for at redde 4 andre liv.

# 04: “Nye mennesker.”

## Saskia

Så det er det... Vi er på vej ud i mørket, for at finde nogle skide venner. Jeg er ikke så meget for at muligvis at dø. Jeg sværger på min fars mulige grav, at hvis jeg dør på grund af Simon, så slår jeg ham ihjel.

“Er du okay søde?” Spurgte han, gloende en smule på mig. Jeg sukkede dybt og kiggede på ham.

“Nej... Det er jeg ikke... Simon uh hvad du ellers hedder, vi er i en kæmpe stor fare, bare ved at forlade gemmestedet. Det ved du godt ikke?" Han rykkede hovedet op og ned som svar, og tog min hånd, instinktivt trak jeg den væk, og tog nogle penge ud af min lomme. Engelsk valuta. Jeg var ikke sikker på at de kunne fungere her, eller om de havde en anden slags valuta, men jeg ville prøve.

"De tager kun Australske dollars. Ikke pund. Jeg har nogle i min lomme, hvis du får brug for det?" Jeg vidste jeg havde brug for en slags valuta de ville acceptere, hvis vi skulle have noget at drikke eller cigaretter.

“Hvor mange har du?” Jeg kiggede i min hånd, da han lagde 500 og nogle småmønter i den. “Wauw. Lige præcis nok til at købe 4 flasker vand og 2 pakker cigaretter.” Fortalte jeg ham sarkastisk. Han grinede højt, jeg slog ham og han jamrede sig i smerte. “Dude! Vi skal være stille. Alle kunne melde os.” Hviskede jeg. Han jamrede sig lidt mere, hvortil jeg gloede på ham. Så ondt kunne det heller ikke have gjort. Han trak op i trøjen, og jeg så en rød tatovering. Den var nemlig nylavet. Jeg kiggede derefter ind i kioskens oplyste gange, og så noget interessant. En ung pige der gemte sig bag en reol, med et baseball bat. Jeg fik øjenkontakt med hende, og hun så rædselsslagen ud. Noget var galt…

Efter vi fik øjenkontakt, havde hun halvt lukkede øjne, og hun løftede sit bat. En ældre fyr, gik rundt om reolerne, mens han ledte efter noget. Jeg lavede en håndbevægelse for at Si kunne forstå at han skulle gå derind og op til kassen. Da han gjorde det, kom fyren op til kassen. Jeg gik halvvejs ind i kiosken og lavede en håndbevægelse for pigen og forklarede hende at hun skulle kravle ud. Jeg gik derefter helt ind, og gik op til Simon. Jeg gav ham pengene og smilede høfligt af fyren ved kassen. Han tog pengene mens jeg fyldte op med vandflasker, og pegede på cigaretterne. Jeg takker så nådigt for tegnsprog, for han troede åbenbart at jeg var stum. Vi betalte fyren, puttede vores varer i en pose, og så tog vi nogle gratis plastikhandsker. Da vi gik ud og var en smule væk fra kiosken, blev Simon ramt. Han faldt til jorden og jamrede sig igen i smerte. Jeg så bag os, bange for at det var vagter, men det var bare pigen fra tidligere. Hun talte derefter. Med en amerikansk accent. Endnu en immigrant.

“Hvem er I, og hvor er I fra?”

Han talte med sin tydelige, dybe engelske accent.

"For dælen, kan jeg ikke få en pause?! Lad være med at skade mig!" Jeg grinede lavt og rystede på hovedet. Jeg hev ham derefter op fra jorden.

"Du skal stadig være stille makker. Vagterne kan være overalt." Hun talte derefter igen.

"I lyder som om at i er fra England.. Er i det?" Jeg nikkede, næsten i frygt og hun puttede sit baseball bat tilbage, på ryggen.

"Kommer du ikke med os?" Spurgte jeg hende, og hun

besluttede sig for at komme med. Vi tog derefter en beslutning der lød; Røv en våben foretning eller tømmerforetning, men først skulle vi tjekke om der var et hus uden mennesker i. "Vi er nødt til at tømme et muligt hus for mad, fordi det har vi ikke penge til." Forklarede jeg mens vi kiggede på de 'rige huse' i et villakvarter, for de ville sikker have noget vi kunne bruge. Første regel i en apokalypse. Gå aldrig ind i et lyst op hus, fordi der kan være mennesker derinde. Vi fandt et mørkt men stort hus, og gik indenfor. Vi var langsomme til det dog, da der kunne være Australiere eller immigranter derinde, og vi tog ingen chancer.

“Fri! Rummene er tomme for mennesker.” Hvilket jeg kunne konstatere efter 10 minutter. “Simon. Find nogle store tasker, og fyld 2 med mad. Okay det kommer an på hvor mange der er af de tasker.” Jeg kiggede derefter på pige, som jeg ikke havde fået navnet på endnu.

“Mit navn er Nora. Jeg finder lommelygter, knive, værktøj og andet brugbart.” Jeg nikkede og så hende gå, mens de begge tjekkede huset. Jeg studerede rummet for at finde ud af hvad slags familie der boede her. Måske var de ikke Australiere, og måske var det derfor huset var tomt. Jeg gik ind i stuen og kiggede på alle billederne. Brevene og konvolutterne på stuebordet, faldt i øjnene på mig. Jeg studerede navnene men intet var unormalt. Simon kom derefter ned, med to store tasker, tre rygsække og en pung.

“Er der penge i den?” Spurgte jeg, da han valgte at kaste den til mig. Jeg fandt 1000 Australske dollars, og et kørekort, der må have tilhørt sønnen i huset. De var ikke herfra, men fra Frankrig. Mærkeligt. “JEG FANDT NOGET.” Råbte jeg, de kom hen og sad på sofaen med mig derefter og pakkede tasker. Han stirrede intenst og samtidig skræmt på mig.

“Hvad fandt du?” Nora var åbenbart den der var mest nysgerrig. Hun puttede værktøjet i en af taskerne, og jeg tændte en cigaret, tog et par hvæs og så talte jeg.

“Huset er tomt, fordi dem der boede her, er fra Frankrig. De stak af.” Svarede jeg mens jeg ledte efter et askebæger. Jeg fandt et og fik asken af min cigaret.

“Så det du siger er, at vi er i nogle immigranters hus?” Nora var igen den mest nysgerrige. Jeg nikkede bare og tog sidste hvæs af min cigaret. “Måske skulle vi finde en tømrer eller våben forretning.”

Spurgte hun mens hun tog 2 tasker op på ryggen og skulderen. Vi rejste os op og blev enige om at det var mest sikkert igennem kælderen. Vi gik ned og ud. Derefter sneg vi os igennem mørket. Det var dog mærkeligt med det mørke at det stadig var der. Klokken var 10 om formiddagen… Vi begyndte at nærme os en våbenforretning. Der var dog lukket, men det var intet der ikke kunne klares med en lille smule ødelæggelse. Jeg tog handskerne på og tog en lille hammer. Tog derefter fat i dørhåndtaget, slog det lidt med hammeren, og 5 minutter senere kunne vi komme ind. Der var ingen alarm, hvis jeg synes var underligt, men vi tænkte ikke meget over det.

“Simon! Tag den dåse ‘spray snot’ Nora snuppede. Jeg har brug for det til kameraerne deroppe, i hjørnerne.” Hviskede jeg. Han så forvirret ud men gav mig det alligevel.

“Hvad skal du med det?” Hviskede han tilbage. Jeg pustede en gang, sprayede kameraets linse til, snuppede en stol og min kniv. Jeg kravlede op og klippede ledningerne.

“Vi skal være ekstra forsigtige ikke? Jeg gætter på at du aldrig har brudt ind et sted eller stjålet noget før?" Han stønnede en gang i irritation og rystede på hovedet.

"Nej men så gætter jeg på at du har?" Jeg nikkede, snuppede en taske i butikken, og begyndte at fylde våben i.

"Jeg har brug for en smøg." Fortalte Nora og gik ud. Simon lagde sin hånd på min og fik mig til at kigge på ham.

"Er du kriminel?" Spurgte han. Jeg trak vejret dybt. Og pustede ud.

"Aldrig dømt eller fængslet. Så nej. Jeg tager mig bare af mig selv siden min mor ikke ville. Måske skulle jeg have været i spjældet i stedet for på den der fine skole, og så ikke have mødt Jord-" Jeg stoppede midt i sætningen og rystede på hovedet. Jeg havde ikke talt om ham siden vi slog op. Eller siden jeg gjorde.  For at stoppe mig selv fra at græde, trykkede jeg midt på broen af min næse. Jeg nappede nærmere mig selv. Han kiggede på mig, og jeg trak min hånd væk hurtigt væk fra hans hænder af. "Vi kan ikke blive her. Det ved du godt ikke? Vi er nødt til at blive færdige." Forklarede jeg, og vi færdiggjorde hvad vi var i gang med. Da vi alle var på vej til 'basen', det var næsten allerede aften, lige pludselig hørte vi nogen hviske Simon's navn. Jeg kiggede over til en fabriksbygning og så 4 mandelignede skikkelser, træde imod os. Jeg bandede indeni, mens jeg trak vores nye allierede med os tilbage. Skikkelserne kom tættere på, og jeg trak min kniv frem. En mørkhåret fyr med blå øjne hylede, når man tænker på at jeg næsten stak ham ned. Han jamrede sig derefter. Den blonde mumlede noget jeg ikke helt forstod.

"Jimmy, Evan, Heath og Allan. Dette er Saskia og Nora." Simon forklarede. Han tog et våben frem, og tak en taske tilbage på skulderen. Vi havde også snuppet walkie-talkies i butikken vi var i. Vi tog drengene med tilbage.

## 05: “Farvel, min ven.”

## Nora

Nicole og Saskia sloges i dag, hvilket var ret så irriterende, hvis man tænker på at de lige var blevet så tætte. I hvert fald af hvad jeg havde hørt. Deres fortid var hård, men de havde set ud til at være kommet over det. Jeg var ny i alt dette, og allerede nu var det skidt. Resten af os, sad kun og så på da de skændes, allerede nu så det ud som om at det eskalerede. Saskia, havde Nicole oppe af væggen. Noget sagde mig at det var sket før. Alle tænkte sikkert at jeg skulle været gået imellem, men jeg var for bange.

“Saskia! For fanden så slip mig da!” Råbte Nicole af hende, så højt hun kunne.

“Hold kæft! Jeg hader det du gjorde!! Stop med at vride dig så jeg kan slå dig ihjel, din idiot.”

“Nej, vær sød ikke at slå mig ihjel! Jeg beder dig! Vi er blevet venner, er vi ikke?” Nicole bad og bad, men Saskia’s greb blev bare strammere om hendes hals.

“Ved du hvad?” Spurgte hun, da hun slap hende, voldeligt dog.

“Jeg vil se dig dø, uden for i stedet. Derfor måske ved-“ Sagde hun mens hun kiggede på os andre. “I alle at i ikke skal være ulydige imod mig.”

“Jeg ved ikke engang hvad jeg gjorde? Jeg er så bange lige nu…” Græd Nicole. Sas, gav hende en lussing, så den rigtig sang, mens hun lavede et nervøst ryk i hele ansigtet.

“Stop med at gøre hende ondt. Vær nu sød.” Spurgte jeg Saskia mens hun stirrede på mig i ærgrelse. Jeg kiggede ned, og lærte hurtigt at hvis man gjorde hende sur, ville det gøre ondt.

“Hold op med at flæbe. Hun ødelagde gruppen!” Så det var simpelthen det, der var galt. Hun var skide sur over at Nicole var gået op til soldat og havde snakket med ham. Vores gruppe havde nu 8 mennesker, hvilket kunne blive farligt. Ja vi havde taget 4 fyre med os i går. Jeg kiggede på alle de andre, mens de bare kiggede ned i gulvet. Jeg søgte om hjælp ved dem. Tak drenge.

“Jeg vil ikke dø.” Græd Nicole endnu højere. Jeg sukkede stille, og hjalp hende op, mens Saskia gik rundt og gned sig i ansigtet af arrighed.

"Du kommer ikke til at dø i denne kælder. Det lover jeg dig." Fortalte jeg hende. Jeg havde dog ret.

## Nicole

Jeg var bogstaveligt talt bange tidligere i dag, da Saskia flippede ud på mig. Jeg var ret sikker på at hun ville dræbe mig lige der. Hun ville gerne have jeg døde, men ikke herinde. Hellere udenfor. Hun bar en kniv, lige siden vores lille hændelse, hvilket fik mig til at flippe yderligere ud. Ja, jeg har måske skabt problemer i gruppen, men det fortrød jeg. Den største ting, jeg fortrød var det øjeblik, hvor jeg prøvede at blive venner med hende igen. Hun er virkelig en menneskehader.

“Hvem er på våben vagt?” Spurgte Saskia, mens hun kiggede rundt. Jeg rejste mig for at svare.

“Jeg tror at det er mig.” Fortalte jeg, og prøvede at gøre situationen bedre. Hun stirrede bare på mig og inhalerede dybt.

“Simon. Du er på vagt. Nicole du har gjort nok. Jeg tvivler på at du kan håndtere presset.” Jeg kiggede ned og tørrede en tåre væk. Virkelig en menneskehader. Jeg gik tilbage og satte mig ved en af de små stole.

“Hvorfor er du så sur på Nicole?” Spurgte Si. Jeg tiggede ham om at lade være med at kigge ham direkte i øjnene. Saskia kiggede også på ham, men med et blik der sagde at jeg skulle fortælle ham det.

“Jeg… Jeg øh gik hen til en soldat, og snakkede med ham. Du var her da hun råbte af mig. Fik du ikke noget med?” Spurgte jeg mens jeg pustede ud.

“Det gjorde jeg, men der må være mere i det.” Han blev ved med at prikke til mig, for noget jeg havde forklaret. Efter det kørte han sin store hånd igennem hans krøller.

Saskia stirrede på mig, og først der indså jeg at jeg havde en pistol i mit bælte. Jeg sukkede højlydt og stampede han til hende, mens jeg holdte pistolen fremme.

“Fint. Hvis du ikke stoler på mig med våben, så kan du få denne. Jeg fatter det bare ikke!” Råbte jeg, mens jeg stampede hårdt tilbage til min stol, mens jeg stadig kiggede på mine fødder.

“Jeg stoler ikke på dig, fordi du så ud som om du var lidt for glad for den soldat. Det gjorde mig virkelig bange. Forstår du ikke, at du kunne have fået os dræbt.” Hun gestikulerede så meget med armene, at hun fik fyret pistolen af.

Heldigvis ramte hun ikke nogle, kun bordet.

“Stop! Jeg har fået nok! Det er slut.” Råbte jeg og stormede udenfor. Jeg hørte døren blive låst bag mig, Men jeg var ligeglad. Jeg begyndte at gå væk fra gemmestedet, da jeg ved et uheld gik lige ind i en soldat. Det var ikke den samme som sidst og ham her virkede... Ond.

“Hvem er du, og hvad gør du ude så sent?” Han kiggede ned på mig. Han var høj, hvor jeg derimod kun var 1,67 høj.

“Jeg-jeg-jeg…” Stammede jeg, mens jeg prøvede at forfalske en Australsk accent. Den købte han dog ikke, og fik lige pludselig udspilede øjne.

“IMMIGRANT!” Råbte han, mens han tog fat i mig. Jeg kunne ikke slippe væk. Jeg….var dødsdømt. Det her er nok det Saskia gerne ville have. Mig der døde i hænderne på en soldat. Jeg kunne mærke blodet strømme ud af mit ansigt, og indeni skreg jeg. Der kom dog bare intet ud af min mund. Han snakkede i hans walkie på skulderen, og nikkede. Men hvem nikkede han dog til? Jeg havde virkelig svært ved at forstå hans accent, men jeg fik fat i en smule… nemlig; dræb. Han løftede sin pistol og skød mig to gange i hovedet. Jeg var væk som ingenting.

## Simon

Saskia sad sammen med Allan, og så meget komfortabel ud. Jeg blev ved med at kigge på dem, indtil jeg hørte et skud. Derefter et mere. Jeg fløj op af madrassen og stirrede på døren, håbede på at Nicole kom ind igen. Det gjorde hun ikke.

"Hvad var det?!" Skreg Heath samtidig med at jeg fløj op. Jeg kiggede på ham. Jeg nedstirrede ham nærmere, og tænkte på at vi skulle være stille.

“Det er okay, at være larmende. Jeg har gjort kælderen lydtæt. Så vi behøver ikke være totalt stille. Jeg tænkte at vi nok skulle dræbe eller torturere nogle herinde så…” Sagde Saskia. Det var alt jeg fik med, for jeg begyndte at fokusere på om det var Nicole der var blevet skudt.

“Tror du at hun er død?” Spurgte jeg ud i den ‘blå luft’. Heath kiggede sørgmodigt på mig og nikkede roligt.

"Ja." Kort men kontant svar.

"Jeg sagde jo at hun ikke døde herinde. Hun læste imellem linjerne." Saskia trak på skuldrene som om at hun var ligeglad. Vi så aldrig Nicole i live igen.

# 06: "Ingen tid, ingen begravelse."

## Saskia

Nicole døde for 2 dage siden. Ja 2 dage. Jeg fandt hendes lig udenfor kælderen. Alle fortalte mig at vi skulle begrave hende i skovene. Det havde jeg ikke lyst til. Jeg ved hun gjorde noget skidt, men hun fortjente mere end det. En ordentlig begravelse, men tiden var bare ikke til det, så vi så på stille og roligt fra en sikker afstand, mens soldaterne satte hende op som et fugleskræmsel. Kun for at skræmme de andre immigranter. Vi valgte at gå tilbage til kælderen, hvor resten af gruppen satte sig, som om intet skulle til at ske. Dum idé. Nora var ude og lede efter et mere sikkert sted at være, når man tænker på at Nicole døde lige udenfor. Freden varede ikke længe.

“NEJ! Pis! Pis!” Nora kom løbende ned i vores fine gemmested, og begyndte at pakke tasker. Jeg var ved at rengøre en pistol, men rejste mig hurtigt op og gemte den væk.

“Hvad er det?” Spurgte jeg, med et løftet øjenbryn. Allan rykkede tættere på mig, og stod virkelig stille, som om han var bange for at noget skulle ske hvis han rørte på sig.

“Soldaterne kommer!! Jeg ved det er mørkt udenfor men ingen Australier bærer et våben så stort! Vi har omkring 2 minutter, hvis jeg har regnet rigtigt, til at pakke og komme væk! Er der en anden vej ud, ellers skal vi løbe!” Skreg hun, mens jeg jamrede mig. Vi pakkede og fik lidt med, fordi vi kun var 7 tilbage, og vi skulle løbe. Vi klarede det med 1 minut og 30 sekunder. Jeg tog tid, på Nicoles telefon. Vi tog alt vi kunne bære, og gik ud i mørket. Nogle soldater havde allerede set os, hvilket ikke overraskede mig overhovedet. Vi begyndte at løbe, men du kan ikke løbe fra et automatvåben. Heath blev skudt i armen, hvilket betød at han var skadet, og at vi senere skulle sænke farten, så vi kunne stoppe blødningen. Vi hørte et skud mere, og et bump. Jeg kiggede tilbage og så Allan ligge på jorden, jeg vendte væk og løb videre. Vi hørte endnu et skud, og derefter kunne vi ikke høre ham mere. De jagtede os decideret ud af Perth. Med våben vel at mærke. Dette var ikke sådan jeg havde planlagt at dø. Jeg ville ikke dø. Jeg var i min bedste alder, og der havde jeg planlagt det. Når jeg var gammel og grå. Vi blev ved med at løbe, og havde problemer med at få Heath til at følge med. Han blødte kraftigt nu, hvilket kunne betyde at der snart skulle være et form for hus på vejen eller noget. Vi var der hvor der var gårde nu. Mens vi løb, så jeg et hus der var godt ødelagt, men ret stort alligevel. Jeg så Jimmy sende mig et blik, og jeg lod ham tage en beslutning. Det var det. Han valgte at det skulle være vores sikre sted for nu. Vi gik alle sammen indenfor da vi var 100% sikre på at vi var sluppet væk, men stadig forsigtigt. Noget kunne enten skræmme eller skade os. Vi uddelte grupper til at undersøge huset. Jeg fortalte Heath at han skulle sidde ned, mens jeg ledte efter en førstehjælpskasse i en af taskerne.

"Hvad skete der med Allan? Så nogle ham sakke bagud?" Spurgte Simon, med hans dybe Cheshire accent. Allan og jeg lovede hinanden at når dette var ovre, ville vi gå på en rigtig date. Vi havde gang i en lille ting, og hans død virkede ikke fair på nogen måde overhovedet.

"Øh… Jeg tror han blev skudt. Jeg er ikke sikker." Svarede jeg, mens jeg prøvede på at lade være med at græde. Jeg tog en pincet og prøvede at få kuglen ud af hans arm. Mens jeg bevægede pincetten frem og tilbage, bevægede Heath sig rundt. Jeg stoppede for at kiggede på ham. "Hvis du bliver ved med at bevæge dig, kan jeg ikke redde dit liv. Så vil du dø af blyforgiftning eller værre." Forklarede jeg ham, mens han kiggede på med dådyrøjne og sukkede.

"Jeg har ikke lyst til at dø. Jeg har virkelig aldrig haft en date før, så det ville være rart at gøre det, før jeg døde." Sagde han med gråd i stemmen mens han kiggede på Nora. Jeg grinede og bøvlede med at få det sidste at kuglen ud igen. Jeg valgte at binde ham fast med et bælte så han ikke kunne bevæge sig. Jeg trak vejret dybt da jeg fik det sidste ud. Heldigvis var der ingen knuste dele i, så jeg kunne få det hele ud på en gang.

Jeg syede ham sammen efter jeg havde holdt sprit på.

“Sådan. Så er du klar. Du har brug for bandagen de næste par timer, men nu kan du spørge hende om en date. I det mindste.” Sagde jeg grinende, og rejste mig op, tog en økse og gik hen til døren. “Nogle der kommer med?” Spurgte jeg indirekte, hvor jeg håbede der var nogen overhovedet der ville med. Jeg så at Jimmy allerede var faldet i søvn på sofaen, så jeg havde brug for at slæbe Simon og Evan med. Vi gik dybt ind i skoven, så vi kunne have noget varme i huset. Simon sukkede dybt og stirrede på mig.

“Er vi sikre på at Nicole er død. Tjekkede du hendes puls?” Jeg løftede et øjenbryn og rystede på hovedet.

“Nej jeg tjekkede det ikke. Pis. Måske er hun stadig i live, men igen; Ville de bruge hende som fugleskræmsel, hvis hun stadig var i live? Det ville være tortur. Hvilket dog ville give mening.” Jeg løftede øksen for at starte processen i at få træet ned. Det ville tage lang tid, men det ville helt klart være det værd, fordi vi ville have ild og varme. Jeg fik noget af det ned efter noget tid, men ikke nok. Jeg tørrede mit ansigt, hvorefter drengene kiggede på mig og grinede. "Hvad?" Spurgte jeg mens jeg sukkede lidt.

"Du har træstumper i dit ansigt." Det fik mig til at sukke endnu dybere, og rullede med øjnene.

"Meget voksent. Træstumper i ansigtet..." Pludselig hørte vi 3 skud, og så blev vi stille.

3 skud var blevet hørt. Der var 3 tilbage i huset. Ellers var det os der var under angreb. Vi satte os ned, for at sikre os det ikke var os, der blev skudt på.  Jeg fandt en walkie i min lomme, fandt frekvensen de andre var på, og hviskede. "Heath. H! Er du der?"

Jeg var nødt til at vide om han var i live, for hvis han var, så var de andre også. Der var dog intet svar overhovedet. “Heath! Er du i live?” Simon satte sig ned ved siden af mig, og hyperventilerede.

“Lyt… Det er ovre. Der er ikke mere skyderi. Måske er der ikke sket noget.” Forklarede han, jeg rullede bare med øjnene som svar.

“Der er 6 mennesker tilbage. Vi er 3 her i skoven, og 3 i huset. Måske skete der noget. Det kunne være os der er i fare. SÅ LAD VÆRE MED AT FORTÆLLE MIG AT DER IKKE SKETE NOGET!” Skreg jeg af ham, mens Evan satte sig på den anden side af mig. Vi hørte grene knække, og jeg kravlede hen imod Ev, for at holde ham for munden. Kun så at jeg afholdte ham fra at skrige. Da jeg vidste at han var stille, tog jeg øksen. Soldater ville ikke løbe i skoven, de ville nok mere gå rundt og lede efter os. Det var nemlig ikke løbende fødder vi kunne høre. Jeg rejste mig op og gik imod lyden, for ligesom at skade hvad der end kom. Jeg kastede walkien til Evan, så han havde kommunikation i tilfælde af at jeg døde. Jeg svingede øksen og så en pige falde på bagdelen, mens hun skreg stille. Det var ikke soldater, men to unge mennesker, der sikkert skød 3 skud. Jeg spurgte stille. “Affyrede i de 3 skud vi hørte eller?”

“Hvilke skud?” Spurgte hun mens hun stod op igen, og han tørrede hendes bukser af for jord og andet.

“Vi hørte 3 enten pistol eller geværskud. Affyrede i dem??” Jeg prikkede lidt til dem for at få informationer. Han kiggede på, som om jeg var giftig.

“Jeg gjorde. Jeg er fra Danmark… Mit navn er Mynte, og det er Valdemar.” Jeg nikkede forsigtigt, og kiggede på fyren der var med hende.

"I kan jo følge med os. Vi har et hus, eller ja, nogenlunde." Gestikulerede jeg, mens jeg samlede alt træet, og så bar vi det tilbage. Da vi kom tilbage, kunne jeg mærke at noget var galt. Da vi gik indenfor, så vi en vagt der lå med hjernemasse nærmest ud over det hele, mens Heath stod over ham.

"Jeg skød ham, jeg skød-" Han stoppede midt i sætningen, og holdte geværet i mod de to nye.

"Jeg tror det er cool. Jeg stiller dem i hvert fald spørgsmål senere... Dette er..." Sagde jeg og kiggede på dem. "Måske skulle i sige jeres navne igen." Konkluderede jeg grinende.

"Jeg er Mynte.." Begyndte pigen. "Dette er Valdemar."

"I kan bare kalde mig Joker, hvis i ikke kan sige mit navn." Grinede han med en klukkende latter.

"Og jeg kan blive kaldet Sam. Jeg kan bedst lide det alligevel..." Fortalte hun os.

"De er nu introduceret Heath. Så slap af med det våben!" Beordrede jeg og kiggede på vagten. "Vi har ikke brug for flere døde mennesker." Samtidig med at jeg nedstirrede liget, besluttede jeg mig for at gå forbi det. Jeg ville tage mig af mig selv og mine tanker igen, så jeg gik ind i et rum for mig selv. Det kunne ende i et skænderi senere hen, men det ville være okay. Der var et rum, fyldt med spindelvæv og skidt. Der gik jeg ind, satte mig ned, tog min pistol frem, og begyndte at gøre den ren. Mine tanker var alle andre steder, så jeg lagde hurtigt våbnet væk igen, for ikke at skade nogen. Jeg fandt derimod et stykke papir og en kuglepen i stedet, og begyndte at lave lister for alle. Når man tænkte på at vi var ved at løbe tør for mad, så det ville være en god ting at skaffe. Jeg skulle til at kalde på Nicole, men huskede på at hun var død. Død på grund af mig. Efter jeg havde tjekket rummet for mennesker, begyndte jeg at græde forsigtigt. Jeg dræbte en person, voldeligt, fik soldaterne efter os. Fik os næsten dræbt, undtagen en. Han døde helt. Allan. Jeg dræbte også ham. Jeg holdte nogle tårer tilbage, og så blev jeg prikket på skulderen. Evan. Han må have hørt mig.

"E-Er du okay?" Spurgte han. Han kunne endelig sige noget!

"Jeg har det fint. Du taler!" Konstaterede jeg forsigtigt, for ikke at skræmme ham.

“Yeah. Jeg tror det er situationen, som fik mig ud af min skal. Jeg tænkte måske at hvis jeg skulle bruge walkien, så skulle jeg måske tale.”

“Fantastisk.” Gispede jeg, mens jeg holdte tårer tilbage.

“De andre så forvirrede ud, da jeg sagde jeg ville tjekke op på dig.” Grinede han tørt.

“Vær sød, ikke at sige at jeg græd over hende..” Jeg kiggede ned… Flov over at jeg var den stærke, jeg var den der ikke græd over døde mennesker.

“Det skal jeg nok lade være med. Vi hørte dig ikke, men du stormede ligesom herind.” Forklarede han, mens han satte sig ned. Jeg nikkede stille, og rejste mig igen.

“Jeg har lavet lidt lister over det vi mangler, og det er ret meget. Vi har også brug for en bil. Så lad os tømme huse og se om vi kan finde noget?”

“Okay. Jeg fortæller det til de andre. Du må hellere få dig noget søvn, og noget mad.” Han tørrede mine kinder fri for tårer, og smilede sødt til mig. Jeg gik tilbage til de andre. Simon kom op og stå, smilede mens jeg tog en dåse ravioli.

"Vil du tænde ilden Simon?" Spurgte jeg ham, mens jeg fik fat i en gryde fra spisekammeret. Han gik over og tændte for pejsen, efter det, tog jeg en flaske vand og hældte den i gryden. Blandede det med ravioli og noget salt jeg havde stjålet. "Maden er klar om 10-20 minutter. Dåsemad igen. Havde vi nogle mindre skadelige våben, kunne vi skyde nogle dyr." Konstaterede jeg, og rørte i maden. Heath rejste sig op og løftede den raske arm, som om at han var i krig. Vi blev alle stille, satte os ned, slukkede lyset, ilden og tog maden ud. Vi hørte en lyd.

En gren der knækkede under en støvle. Jeg er sikker på at det var en støvle, på grund af den lyd den lavede. Jeg tog min pistol frem, og derefter gemte vi os, ligesom personen udenfor kom indenfor. Vi kunne ikke dø nu.

# 07: ”Massakre.”

## Simon

De stormede huset. Angreb os på en gang, og næsten dræbte os. Vi skød, vej ud og myrdede 10 soldater i koldt blod, mens vi dog selv blev skadet i processen.

“Pis! Jeg blev skudt i armen! I armen mand!” Hvæsede jeg. Dette var anden gang jeg blev skudt i armen, men i det mindste blev Heath skudt i ballen denne gang. Ironisk, fordi han blev skudt i armen første gang.

“Er i okay?!” Hostede Heath, tydeligvis i smerte. De havde kastet en røgbombe, lige før de angreb.

“Ja, jeg tror vi er okay. Skudt men okay.” Svarede jeg, mens jeg tjekkede alle for tegn på enten død eller ingenting. Vi var nødt til at rykke os igen før eller senere, men for nu skulle vi reparerer vores sårede. Jeg placerede Evan i det ene rum, så jeg kunne fixe hans ben. Han var blevet skudt, men kuglen gik lige igennem forbi en blodåre, heldigvis.

“Saskia!” Evan brølede. Hun var ingen steder at finde. Alle møbler der var i huset, var kastet rundt og noget af væggen var brudt ned.

“Jeg kan ikke finde hende!” Jimmy begyndte at flippe helt ud, hvilket fik Nora til at kigge rundt. Sas var under et stykke af væggen, der var faldet ned. Halvt bevidstløs. Nora tjekkede efter en puls og hun sukkede af over heldet. Hun havde overlevet.

“Hun er i live. Bare kastet rundt.” Hun kiggede på hendes arm, der var fremme og rystede på hovedet. Hun stormede over til soldaten, hvis ansigt var vendt imod os. Hun skød ham to gange i ansigtet. “Den her idiot, havde sin hånd på Saskia. Hun har mærker på armen, efter en hånd. Jeg husker at han kiggede på hende."

"Det er ham Nicole snakkede med." Jeg fortalte hende, mens jeg rystede på mit hovede. Jeg nappede i broen på min næse, på samme måde som Saskia gjorde da vi snakkede i det andet hus. Jeg kunne ikke tro på at, vi på et par få dage havde mistet to mennesker allerede. Allan og Nicole var begge døde. det gjorde ondt at vide at personen, som jeg var ved at lære at kende og den person jeg havde kendt i mange år, var døde.

"Simon! Evan er ved at miste en masse blod. Hvad med at fokusere på ham i stedet?" Skreg Nora af mig. Jeg kiggede på ham, og han blev mere og mere bleg i ansigtet.

"Pis! Evan det er okay. Jeg sætter pres på, og så får jeg Nora til at finde noget, vi kan sy dig med. NOR!" Råbte jeg, dog næsten hviskende, fordi min hals var øm. Jeg fortsatte med at presse på hans sår. "Jeg har brug noget at sy ham med inden han mister for meget blod. Fandt i noget til at gøre det med, på noget som helst tidspunkt?" Hun nikkede og fandt en førstehjælpskasse, med nogle nåle og tråd i. "Er der også desinficerende i?" Jeg fik det udleveret, og et stykke tøj der var revet itu. Jeg begyndte at fikse hans sår, mens han jamrede sig og hyperventilerede. Han var ved at miste en masse blod, men ikke nok til at gøre ham syg. Jeg færdiggjorde mit arbejde med at binde en bandage om, efter jeg havde puttet desinficerende på. Jeg løftede Jeg bar ham over til sofaen, og lagde ham ned. Jeg gik derefter hen til Saskia for at se om hun kunne tale. Det kunne hun ikke i øjeblikket, men så chokeret ud. Jeg stønnede i irritation. Lige hvad vi havde brug for. En gruppe af skadede og skræmte mennesker. Vi var ikke særlig mange mennesker tilbage i gruppen. De havde dræbt 2 af vores folk, og skadet resten. Jeg var 100% sikker på at vi ikke ville overleve dette. Vi havde brug for en bil, muligvis en autocamper, men hvor kunne jeg finde sådan en? Der var også brug for udforskning. “Evan hold øje med Saskia, hun kan ikke tale i øjeblikket, så vi tager ikke hende med.”

“Det skal jeg nok. Hvornår er i tilbage? Jeg mener nu mere hvis der er endnu et angreb?” Spurgte han, med store øjne. Jeg var ikke på at et angreb ville forekomme, men vi kunne ikke være 100% sikre på det.

“Vi er tilbage når solen går op igen. Natten er kommet så vi skal afsted nu, hvis vi skal afsted. My-

… Jeg kan ikke udtale dit navn, men minut og Valmet, i får jeres chance for at vise jer værdige." Fortalte jeg, mens jeg pakkede 3 våben, et par handsker og nogle vandflasker.

"Hvor meget vand har i?" Spurgte Sam, mens jeg talte de penge, som de havde bragt.

"Ikke meget. Der er heller ikke nok penge her heller."

"Så må vi stjæle noget vi kan drikke. Det er ikke længere at være en flygtning, men en lovløs." Forklarede Joker, mig smilende.

Han skræmte næsten livet af mig, men jeg prøvede at være rolig.

"Okay, medmindre Jimmy og Heath, finder en brønd, eller et vandhul." Smed jeg ind i samtalen, stadig med håbet oppe.

"Lad os komme afsted!" Sagde Jimmy til Heath, da de gik forsigtigt uden for. Evan sad ved siden af Saskia, mens hun stirrede ind i ingenting. Nora lavede en kom ravioli til hende, efter hun havde tændt pejsen lidt igen. Den var ikke varm, men det var bedre end ingenting. Sam, Joker og jeg gik ud i natten. Vi havde omkring 6 timer indtil solen kom op igen. Det var ikke så meget tid, som vi havde håbet, men det skulle gøre det. Da vi gik længere ind i skoven, kom vi forbi et par ved en sø, som kyssede i en 'seng' af blomster. Pigen havde en taske liggende på jorden og jeg tjekkede den for nøgler. Jeg fandt et par, hvilket førte til en autocamper længere væk fra dem. Vi havde brug for den, så vi tog den. Jeg tændte bilen, og vi kørte tilbage til huset. Vi stoppede ved en nedbrændt landejendom, og prøvede at fylde op på vores ressourcer. Det skulle gøre det i par dage.

# Evan

Vi gik igennem 4 timer, uden at de var kommet tilbage. Sas havde sovet igennem 2 af dem. Jeg satte mig ved siden af hende, hvor hun stadig ikke var vågnet. Jeg kunne ikke stoppe med at kigge på hendes smukke ansigt. Hendes lange øjenvipper, karamel farvet hud, og hendes kulsorte hår. Udsøgte chokolade brune øjne, der nu var gemt bag øjenlåg. Jeg tænkte på hvad jeg ville sige hvis, eller når hun vågnede, men igen jeg kunne ikke fortælle hende at jeg var lun på hende. Simon kunne også lide hende. Konkurrence, ikke min bedste side. Jeg lænede mig ned til hendes øre og startede med at hviske; Jeg kan lide dig. Stadig ingen reaktion, hun var helt klart bevidstløs. Jeg undrede over om det var chokket over at blive ramt af et stykke væg, eller om hun havde søvnmangel. Måske havde hun arbejdet for hårdt ellers havde hun været ude i dette forfærdelige sted for længe. Vi var lovløse.

“E-Evan?” Spurgte hun ud i det blå.

“Ja?” Jeg gispede. Saskia var endelig vågen.

“Tak fordi du er her. Hvor er de andre?”

“Det er okay… De er ude og lede efter et køretøj og ressourcer.”

“Sagde du at du kunne lide mig?” Pustede hun pludselig ud. Jeg kunne føle at mine kinder blev varme, og jeg kiggede væk, nikkende.

“Jeg er også ret sikker på at jeg elsker dig. Mere end Simon.”

“Jeg kan virkelig, virkelig godt lide dig. Jeg er dog ikke sikker på at jeg elsker dig, fordi jeg  ikke har været sammen med andre end Jordan.” Hviskede hun med en hæs stemme.

“Det er okay. Jeg vil ikke presse dig, til noget du ikke er klar på.” Jeg kunne mærke mit ansigt blev mere og mere rødt, og et svagt smil kom op på Saskia’s ansigt, hjalp ikke på situationen. Hvis jeg ikke allerede sad ned, ville jeg være faldet pladask på gulvet, fordi mine knæ blev bløde. Jeg kunne dog ikke stoppe med at undre mig over, hvem Jordan var. “Få noget søvn. Du har fået et ret så stort chok og så gav du os et stort et.”

“Undskyld.” Hviskede hun, mens hendes øjenlåg blev tungere, og kort tid efter faldt hun i søvn. Jeg har aldrig set hende så lille eller forsvarsløs før. Hun var altid den rolige og stærke person, men alle har en grænse før eller siden, og nu har jeg set hendes. Nicole snakkede engang om, mens hun var i live, at Saskia kom direkte fra et helvede, men hun var stadig en rar person. Konklusion; De hadede ikke hinanden nær så meget, som de fik det ført til. Der gik ikke lang tid, før de andre kom tilbage.

"Hvordan har Saskia det?" Simon stormede ind og kommanderede.

"Hun var vågen for et lille stykke tid siden, men faldt i søvn igen." Simon pustede ud, af lettelse. Han gik hen til hende, og smilede. Jeg rejste mig op og gik væk. Kunne ikke klare dette lige nu. Desuden havde jeg et specielt øjeblik med hende, hun vidste om mine følelser for hende og det var nok for mig. Han så meget angst ud, da han gik indenfor, men nu så han ud som om han var tilfreds. Hun var fantastisk og han var en idiot. Han valsede ind som om han ejede stedet, kommanderende. Nej jeg ville ikke stå for det.

"Simon?" Jeg stressede tilbage, til hvor han sad.

"Yeah?" Han brølede.

"Lad hende sove et stykke tid, så kan vi få tingene ud i bilen. Du fik fat i en bil ikke? Og nye forsyninger?"

"Ja… Eller rettere, vi stjal en slags campingvogn. En autocamper." Hakkede han. Hold op, hvor var han irriterende. Jeg var hans ven ja, men når man tænkte på hvordan han var ved at blive, var jeg ved at hade ham.

"Godt. Jeg vil sørge for at få Saskia ind i autocamperen. Bare fyld den med vores tasker." Konstaterede jeg. Han rystede på hovedet og stønnede i irritation.

"JEG Sørger for det." Jeg sukkede og gik hen imod hende. Jeg kom til

Saskia før han gjorde, og løftede hende op, udenfor og ind i autocamperen. Han var bagved hele tiden, og fik fat i tingene, meget til hans ærgrelse. Alle kom ind i autocamperen og vi kørte ind i natten.

# 08: “Hvordan dukkede du op?”

## Joker

Man kunne føle stemningen i campingvognen. Den kunne skæres igennem med en kniv faktisk. Saskia var stadig ikke vågnet. Evan fortalte os at hun vågnede for 1 minut eller 2, men faldt i søvn lige med det samme igen. Evan og Simon talte ikke rigtig sammen, som de åbenbart havde gjort før. Lige siden Saskia, blev ramt af det stykke mur, havde Evan og Simon ændret sig. Vi vidste at Simon kunne lide hende, fordi man tydeligt kunne se det på hans ansigt. Evan på den anden hånd, var stille og sagde ikke rigtig noget, men man kunne mærke stemningen i luften. Desto mere man kunne føle at Evan var ved at forelske sig. Det var faktisk rigtigt tydeligt. Sam sov ved siden af mig, lænet op af et vindue. Heldigvis var autocamperen stor nok til os alle. Jeg forstod stadig ikke hvordan de fik fat i den så hurtigt. Ja vi stjal den, men hvordan den blev fundet så hurtigt, undrer mig stadig. Det var mere held en forstand. Simon kørte camperen, Evan sad sammen med os og Saskia, han holdte stadig øje med hende.

“Hey Joker?” Sagde Simon fra fronten af.

“Ja?” Svarede jeg en smule sarkastisk.

“Hvem kan du bedst lide til Saskia? Mig eller Evan?”

“Evan, fordi du er simpelthen en røv, for at stille det spørgsmål.” Sagde Sam da hun vågnede.

“HAH! Øh, hvad?!” Skreg Simon.

“Hun har ret, du er en røv.” Fortalte jeg ham, mens jeg gav ham mit største og mest skræmmende smil. Evan kiggede på mig.

“Jeg har et seriøst spørgsmål.” Sagde han forsigtigt.

“Ja.” Begyndte Sam, mens hun gned søvnen ud af øjnene. “Lad os være seriøse.”

“Hvor kommer i to fra og hvordan endte i her?” Spurgte han, igen forsigtigt. Måske vidste han at der var noget dårligt, der skulle fortælles. Jeg sad bare der og vidste ikke hvad jeg skulle sige eller gøre. Sam gjorde det samme. Men hun tog lige pludselig en dyb indånding og begyndte at fortælle 'vores' historie.

## Sam

Jeg var klar til at fortælle vores historie.

'Det var det, jeg kunne ikke være gladere end jeg var dengang. Jeg kom ud fra hospitalet, smilende af min mave. Jeg skulle være en mor. 5 måneder henne, og de sagde alt gik som det skulle. Joker kunne ikke komme med mig dengang, fordi han havde arbejde og kunne ikke komme ud af det. Jeg kan stadig huske dagen, hvor jeg fortalte ham at jeg var 2 måneder henne. Han hoppede ud af stolen og krammede mig, til det punkt hvor jeg var nødt til at tigge ham om at slippe mig, på grund af babyen. Han blev rød i hovedet. Så sød. De sidste 3 måneder vi havde levet livet. Jeg snakkede ikke med mine forældre, efter de fandt ud af det. De havde aldrig syntes at Joker var god nok til mig. Mine forældre var højt i socialisering, og ville kun socialisere med høj status mennesker.

Jeg elskede Joker og ville ikke forlade ham. Som et resultat af det, gjorde de mig arveløs. Skrev mig ud af testamentet. Jeg kunne egentlig ikke være mere ligeglad.

Jeg var glad, og det var det der talte.

Som sagt, var Joker og jeg glade, taknemlige i 3 måneder. Det var en fantastisk ting at være gravid. Selvom jeg fødte alt for tidligt, var der alligevel noget galt, så jeg ikke havde kunne føde til tiden. Jeg fødte en lille pige, med en hjertefejl, og så var hun alt for lille. Jeg græd da lægerne fortalte at kun en af os havde den sygdom. Joker var stille hele tiden, mens de forklarede. Jeg kunne se vreden stige i hans ansigt. Mig? Jeg var trist. Pigen overlevede en måned. Vi valgte at kalde hende Rae. Mine forældre dukkede ikke op til hendes begravelse, så det var kun

Joker og jeg. Jeg kunne ikke huske meget efter den dag.

Joker havde fortalt mig længe at han ville forlade landet med mig, for at starte forfra. Han har altid ville tage til Australien. Så han ordnede faktisk alt papirarbejdet, der skulle bruges for overflytning til Australien, men vi ankom til et mareridt. Da vi kom af vores fly, var politiet der. De var stærkt bevæbnet. Vi forstod ikke hvad der skete, men vi troede de var efter en efterlyst person. Det viste sig at det var rigtigt. Delvist, de var ikke efter én, men to. Et par. Det var os. Da vi gik forbi dem, kiggede de på et billede og derefter os.

Efter et par minutter, gik de hen til os, da vi stod i kø, for at komme ud af lufthavnen.

"Er du Mynte Jensen, og Valdemar Andersen?" Jeg så Joker blive stram i ansigtet.

"Er der et problem, hr?" Spurgte jeg, dog ikke sikker på hvordan jeg skulle svare ordenligt.

"Ja. I er ikke herfra, men i er immigranter." Spyttede betjenten, så rasende at man kunne se det i øjnene på ham.

"Jeg er ked af at sige det, men der må være sket en fejl. Vi ankom her lovligt endda." Svarede Joker, rolig og samlet. Jeg håbede virkelig der ikke var noget galt. Jeg kunne ikke have endnu en dårlig ting, ovenpå det vi lige havde været igennem.

"Hvis I vil være så flinke at følge med os." Sagde betjenten, mens han tog hårdt fat i min arm, og derefter trak de os ud, til et lille aflukket rum. De udspurgte os i flere timer, indtil de besluttede sig for at låse os inde.

## Simon

"Den nat i fandt os, var vi lige flygtet dagen før." Med det endte hun historien. Jeg kunne ingenting sige. De havde været igennem meget. De sagde at de havde været holdt fængslet, uden rettergang i 4 måneder.

"Jeg undskylder for at spørge sådan." Hørte jeg Evan sige, mens han sikkert fortrød. Jeg sagde stadig ingenting, jeg havde nemlig ingen ide om hvad jeg skulle sige eller tænke. Og jeg troede jeg havde det hårdt, det var åbenbart ikke sådan jeg havde det mere. Jeg havde det okay, før de opdagede jeg var fra England, og angreb os. Vi var her, på grund af et blændende højskole, hvor vi kunne studerer en masse fede fag, men vi blev jaget væk. Jeg vidste at blev vi her i Australien for længe, ville det være farligt, men hvor skulle vi tage hen? Tyskland? Danmark? Alle steder ville vi være immigranter, medmindre vi tog tilbage til vores respektive lande.

"Trækker hun stadig vejret overhovedet?" Spurgte Sam. Jeg kiggede tilbage i to sekunder og så hende kigge på Evan.

"Ja, jeg er ret sikker på at hun stadig trækker vejret." Sagde han smilende, mens han kiggede på Sas. Jeg ville ikke stoppe, heller ikke i minut.

“Godt.” Svarede Joker, mens han sendte et blændende smil til Sam.

“Sååååå Simon, er du okay foran eller skal jeg køre?” Spurgte Nora, grinende.

“Jeg har det perfekt.” Brølede jeg. “Hvis Evan kunne få hans hænder af Saskia.” Evan svarede pludselig.

“HUN ER OKAY!”

“Lad være med at være en idiot, og få os væk. Der er en bil bag os, men militærvogn!” Panikkede Heath.

“Pis!” Råbte Joker. “Kør!!!” Jeg trådte på speederen så hårdt jeg kunne, men selvfølgelig tog det tid for en gammel spand.

“Dumme bil!” Råbte jeg mens jeg blev godt gal i skralden.

“Få den spand til at bevæge sig hurtigere!” Skældte Evan ud, irriteret. Han skal skulle stoppe inden jeg flippede totalt ud, og bare lade mig køre, så kunne han tænke på at beskytte de andre. Jeg var på vej til at sige det, da jeg hørte at der blev skudt på metallet.

“De skyder på os!” Græd Sam, med panik i hendes stemme.

“Det kunne jeg aldrig have gættet.” Hvæsede jeg, mens jeg prøvede at koncentrere mig om ikke at køre galt.

“Har vi overhovedet nogle våben?” Råbte Joker mens han ledte vores ting igennem.

“Nej det tvivler jeg på.” Sagde en svag stemme, bagved.

“Saskia! Du er vågen.” Hørte jeg Ev råbe.

“Det er jeg ja.” Svarede hun, en smule skidt endnu. Jeg tænkte så på at hun havde jo også noget der faldt ned på hende.

“Nora, du er næsten en læge. Kan du kigge på hende, mens jeg leder efter noget vi kan distrahere med.” Spurgte Evan. Jeg kunne høre ham tigge hende.

“Jeg skal gøre mit bedste, men jeg er IKKE en læge. Vil du stadig have mig til at kigge på hende?” Et øjeblik med stilhed.

“Ja. Ja jeg vil. Du er lægen, fiks hende!” Jeg kunne ikke kigge tilbage, for at se det ansigt Nora lavede men jeg var sikker på at der var et lille smil på hendes ansigt.

"Jeg gør det, og så sørger I for at ingen af os dør!" Beordrede hun, en smule drillende.

## Nora

Jeg ved ikke hvordan vi gjorde det, men vi overlevede. De stoppede med at forfølge os tror jeg. For nu i hvert fald. Jeg havde på en måde også sørget for at Saskia ikke endte i et chok igen, med det kaos hun vågnede op i.

“Jeg har det fint.” Insisterede hun, mens hun prøvede at rejse sig op. Jeg kunne ikke lade hende gøre det. Hun var alt for svag til at gøre noget som helst.

“Nej du har det ikke fint. Du er blevet ramt af væg for dælen Saskia! Du kunne have brækket dine ribben, meget værre end du allerede har gjort.” Fortalte jeg hende med advarsel i stemmen.

“Men…” Begyndte hun, meget stædigt.

“Ingen men. Jeg ved du vil hjælpe, men lige nu kan du hjælpe os til at få det bedre. Og for at få det til at ske, har du brug for hvile, forstået!?" Kommanderede jeg.

"Jeg forstår det." Sagde hun med irritation i stemmen.

"Jeg er glad for at du endelig forstår det…" Svarede jeg smilende. Jeg vidste at hun på en måde var vores leder, men nu hvor dette var sket, var hun den skadet. Ergo skulle hun hvile. Vi overlevede på grund af Evan og Joker's kloge hoveder. Autocamperen var pakket med nitrogen flasker, hvilket de sprayede imod trucken så det tog hæren ud. Heldigvis havde de unge kyssende mennesker det i hovedet. Jeg undrede mig stadig over hvorfor parret havde brug for dem. Saskia sov igen. Jeg tror hun tog imod mit råd, og hvilede så meget som hun kunne, ellers så var hun mere træt end hun ville indrømme.

Jeg gik ud af camperen til de andre. Jeg kiggede på det smadrede ur på min arm, og kunne se at den var lige 3 om eftermiddagen. Vi kunne slappe af for nu, men vi skulle afsted igen snart, ellers ville der bare ske en ny ting. Det havde jeg lært nu. Man kan ikke slappe af for mere end maksimum 2 timer, før man skal flytte sig igen. Simon lignede efterhånden en zombie. Hans gyldne hår, der skinnede i solen, var nu støvet og det så ud som om guldet havde rustet. Hans himmelblå øjne, var blanke og han havde mørke render under øjnene. Han træt af H til, og alle kunne se det. Han kørte så også, for omkring 7 timer ligeud, uden at ville stoppe, før vi var langt fra den militære truck.

"Hvordan har hun det?" Spurgte Evan og Simon på samme tid. Du kunne tydeligt se lynene i deres øjne.

"Hun sover, så jeg ville sætte pris på at i to tumper, ikke gik ind camperen lige nu. Hun har brug for ro, og hun kan ikke få det hvis i to leger Tom og Jerry." Jeg kunne ikke lade være med at grine af min lille joke, og deres ansigter holdte ikke min latter tilbage.

“Hold op Nora. Det er ikke sjovt.” Knurrede Simon. Man kunne tydelig se irritationen i hans ansigt, mens Evan ikke kunne lade være med at fnise lidt.

“Undskyld Nora. Jeg vil ikke forstyrre hende.” Sagde Ev, med et smil over hele hans ansigt. Han forstod joken i situationen. Hvilket var godt, for det var det jeg håbede på. Joker og Sam sad under et træ, og lænede sig op af hinanden, mens de sov. De var så søde sammen. Jeg havde det dårligt med det der var sket for dem.

“Er du okay?” En dyb, men rolig stemme, fik mig til at hoppe en smule. Jeg vendte mig rundt og så Heath. Han havde ikke sagt meget da vi kørte, men da han så sagde noget, så overraskede det mig.

“Hvorfor skulle jeg ikke være okay?” Svarede jeg en smule overrasket stadig.

“Det er bare fordi….” Han stoppede, måske uvidende af hvad han skulle sige. “Det er bare fordi de stoler så meget på dig, omkring dette. Jeg…” Han stoppede igen midt i sætningen. Hvad prøvede han at sige? At jeg ikke var god nok til dette? Jeg var parat til at sige noget i forsvar, men de ord han sagde derefter, blæste vinden ud af mig. “Jeg vil bare ikke have der sker noget med dig, eller hvis du ikke kan redde alle, at du så ville tvivle på dig selv en anden gang.” Den før så generte fyr, som dårligt nok sagde noget, sagde den ting jeg havde tænkt allermindst på., at nogen ville sige til mig.

“Jeg…” Nu var det min tur til ikke at vide hvad jeg skulle sige. “Jeg skal nok klare den Heath. Mine forældre har lært mig alt indenfor medicin, som de overhovedet kunne tænke på. De er begge inde i den verden, så jeg skal nok klare mig, men tak for din tillid og bekymring."

"Måske skulle vi tage afsted igen." Evan kom hen til os, mens han kiggede ned. Han var skræmt over det jeg sagde tidligere. Jeg kiggede op på himlen og så at det var blevet lidt mørkere, og koldere.

"God ide." Sagde jeg mens jeg kiggede på Heath, med et stort smil. Han gav et tilbage. Jeg var sikker på at han vidste hvad jeg tænkte. Evan og Simon havde byttet nu. Det fik Ev til at knurre lidt, men ikke alle af os kunne køre så stort et køretøj. Selvfølgelig sad Simon ved siden af Saskia denne gang. Hvis jeg havde lidt ret, ville de to ikke lade os andre i nærheden af hende, og ville kun være glade hvis de var nær hende.

Saskia sov stadig. Hun havde sovet i omkring 4 timer nu. Jeg tænkte på om jeg skulle vække hende, så hun kunne få noget at spise og drikke. Hun havde ikke fået noget siden dagen før, om morgenen og det var sent eftermiddag nu. Jeg sukkede over tanken om at den stakkels pige, skulle have to hundehvalpe der sloges om hende, som et stykke legetøj.

“Jeg tænker vi skal vække hende og give hende noget at drikke eller spise, Simon.” Han kiggede mærkeligt på mig et øjeblik, forvirret over det jeg havde sagt tidligere.

“Men du sagde…” Begyndte han, men jeg afbrød.

“Jeg ved jeg sagde at vi ikke skulle vække hende, men hun har ikke fået mad siden i går morges, og jeg tror hun bliver syg, hvis hun intet får.”

“Et problem… We har ikke rigtig noget mad, og vi har dårligt nok fået noget selv.” Joker konstaterede. Jeg ved vi ikke havde meget, men vi var nødt til at give hende først.

“Måske er der en forretning her omkring?” Foreslog Sam.

“Ja, men hvordan skal vi kunne skaffe noget, når alle kender vores ansigter, hvilket som regeringen nok har sørget for indtil videre, og når man tænker på at vi er kriminelle, eller lovløse som du sagde Joker.” Kom det ud af Jimmy.

“Årh nej… Du har ret. Absolut, men var der ikke masker i tasken?

Simon fandt du ikke skimasker?" Brummede jeg.

"Jeg er ikke sikker. Det tror jeg faktisk ikke. Vi fandt kun våben, og cigaretter. Alt andet er i huset endnu. Måske virker gassen. Har du tjekket skabene?"

"Se, det har vi ikke gjort." Indrømmede jeg, mens jeg gik mod skabene. Jeg åbnede dem og så dåsemad. Det havde vi ikke lyst til at spise, men vi var nødt til det. "Dåsemad… Vil du tjekke gassen, mens jeg kigger i handskerummet?" Spurgte jeg Jimmy. Han nikkede og gik hen for at tænde gassen.

“Jeg har brug for en lighter.” Tænkte han nærmest højt. Jeg gav ham hurtigt en, som jeg havde gemt til dette øjeblik.

“Nu skal i være søde og ikke forstyrre mig lige nu.” Fortalte jeg alle, mens de bare nikkede.

“Jim.” Saskia mumlede stille, mens hun vågnede langsomt op.

“Ja?” Spurgte han forsigtigt.

“Er der noget at drikke? Jeg er virkelig tør i halsen.” Kvækkede hun forsigtigt, uden en rigtig stemme.

“Det-det tror jeg ikke.” Stammede Jimmy, da han ikke ville skuffe hende.

“Det er fint.” Smilede hun som svar, og tog hans hånd, for at få ham til at blive rolig.

“FANDT DEN!” Råbte jeg. Jeg vidste at folk ville undre sig nu.

“Øh… Hvad fandt du?” Observerede Joker.

“Jeg fandt den radio ting, vi havde brug for.” Udbrød jeg.

“Radio ting?” Grinede Joker.

"Ja okay, en walkie talkie, hvis det er." Svarede jeg en smule sarkastisk. De vidste jo godt hvad jeg mente.

"Nå så du har en walkie?? Har du gemt den for os?" Brølede Joker.

"På en måde... Hvorfor?"

"Fordi det er ikke fair, vi kunne have brugt den tidligere..." Brokkede han sig.

"Jeg ville bruge den til nødstilfælde, som hvor vi ville kunne lytte til regeringen eller noget." Begyndte jeg. "Desuden, det er svært at få fat i dem, og vi skulle bruge to til at snakke sammen."

"Okay... Lad os bare fortsætte." Afsluttede han, mens vi kørte ind i nærmest ingenting.

# 09: “Der er et sted…”

## Saskia

Jeg studerede kortet hele vejen, til ingenting. Bare for at finde ud af hvor vi var. Det sjove er at vi ikke så nogle vejskilte eller noget som helst, der indikerede hvor vi var. Vi kørte og kørte kun. Jeg var ved at give op, da Simon kiggede på mig.

“Hvordan kom du og Nicole, helt præcist herhen, dengang?” Spurgte han med nysgerrige øjne.

“Lad nu pigen få det bedre, før du stiller hende mærkelige spørgsmål Si…” Svarede Joker, men vidste han ville spørge igen på et tidspunkt.

“Nej jeg er okay. I har fortalt jeres historie, nu er det på tide at jeg fortæller min.” Sagde jeg og sank en klump spyt, for ikke at tænke for meget på Nicole igen. Hver gang jeg lukkede den bog, var der en der åbnede den igen. Det var en smule hårdt at tænke på hver gang. Fordi jeg dræbte hende ved at forvise hende. Måske var hun ikke så farlige. “Vi mødtes i skolen, da vi var 6-7 år gamle. Vi klikkede med det samme. En dag da vi gik kostskole, klemte jeg hendes fingre i en dør, og hun skreg ud at jeg muligvis havde brækket hendes fingre. Jeg fortalte hende så til gengæld at det var bedre, at det var hendes fingre og ikke hendes ansigt." Jeg pustede forsigtigt ud, og fortsatte. "Hun gjorde mig så sur, det meste af tiden." Jeg knurrede ved tanken om det igen. Jeg tog en flaske af renset vand de havde givet os.

"Så hvad skete der, med jer her? I virkede som bedste venner, da jeg mødte jer…" Erkendte han.

"Vi voksede fra hinanden, og hun gik i seng med den soldat…" Tilkendegav jeg med kolde øjne. De blev lidt mere rolige. Jeg vidste han ikke var en slem fyr, men i enden fortalte han mig at han ville bekæmpe Evan. Jeg kunne godt lide Evan, og de skulle ikke kæmpe mod hinanden, for at finde ud af hvem jeg kunne lide bedst.

“Hvorfor gik hun i seng med ham?” Spurgte Joker, med en død seriøs tone.

“Jeg har ingen ide. Måske var hun ensom… Jeg ved det egentlig ikke.” Hviskede jeg, uden at vide hvad jeg ellers skulle sige.

“Ingen er så ensomme, at de ville ødelægge et venskab og en chance for at overleve.” Konstaterede Evan fra forsædet. Jeg vidste han havde ret, men jeg kunne ikke indrømme at hun havde lavet en fejl, der kunne have kostet vores liv. Alles liv.

“Faktisk, så tror jeg hun gjorde det med vilje. Snakkede i overhovedet om jeres problemer? Måske havde hun et problem med dig?”
Foreslog Sam.

“Det tror jeg ikke.” Jeg sank det sidste spyt jeg havde, og gik hen for at tage endnu en lur. Alle var så trætte, og jeg havde sovet det meste af tiden, men var stadig udmattet. Måske havde jeg en lille hjernerystelse. Jeg faldt jo på gulvet, og slog hovedet.

“Hey! Der er et brev, adresseret til Saskia i Evan’s taske!” Råbte Simon.

“Makker! Hvorfor gennemroder du min taske?” Brølede Ev.

“Det ved jeg ikke, måske fordi du gemmer ting hele tiden? Ligesom da du gemte min walkie tilbage i huset…”

“Jeg gemmer ikke nogle af dine ting.” Råbte han tilbage. Jeg faldt tilbage da jeg hørte ham nærmest knurre til sidst.

"E-Evan? Hvad?" Grinede jeg, selvom han sikkert var rasende nu.

"Jeg er udtørret.... Jeg har brug for en drink." Stammede Evan. Joker rejste sig hurtigt, og overtog rattet efter Ev havde stoppet camperen.

"Vi tager den herfra." Beordrede han, mens Evan satte sig bagi, med resten af sit vand.

"Der er brug for mere vand." Knurrede Simon. Jeg sagde nogle bandeord, mens jeg pustede luften ud, og lagde mig ned. Jeg vågnede op flere timer senere, da camperen begyndte at slingre en smule. Jeg var ikke træt mere, men det virkede som om Sam og Joker begge var.

"Skulle jeg måske ikke køre lidt?" Spurgte jeg, nu stående bag Joker, mens Sam kørte.

"Har du seriøst et kørekort?" Svarede Joker flabet.

"Er det overhovedet nødvendigt nu? Jeg ved hvordan jeg kører en bil, så stor som denne. Desuden med kørekort ville vi blive stoppet ved den passage lige der." Pointerede jeg, mens min finger han i luften imod horisonten. Vi havde fundet vej mod færgen.

“Pis! Stå på pedalen skat!” Skreg Joker nærmest af Sam. Hun trådte på bremsen, men alting faldt i autocamperen.

“Jeg tager den herfra. Jeg kan forfalske en accent. Jeg har gjort det mod min mor i mange år…”

“Har hun en accent?” Grinede J, meget vel vidende at dette ikke var en tid til at grine.

“Ja, hun er fra Tyskland. Min far er russer. Derfor hedder jeg Saskia.”

Jeg løftede et øjenbryn og han nikkede som svar.

“Jamen så må du hellere køre. Der er soldater alle steder. Vær ikke nervøs, vi bliver kun skudt hvis du dummer dig.” Forsikrede han.

“Vi dør ikke. Nora har lovet at der ikke er flere der dør. Vi er nødt til at tage til England.”

“Hvorfor England?” Simon nærmest gøede.

“Hvis vi går tilbage, kan vi finde ud af hvordan krigen startede. Og jeg er nødt til at finde Nicole’s mor.”

“Årh, det er en god ide, lad magten slå de danske ihjel.” Advarede Nora.

“Det kommer de ikke til. Vi gemmer os der, hvor jeg boede. Min mor er fuld hele tiden, så hun ser ikke noget.”

“Sikken en mor.” Sagde Joker. “Vores forældre er ikke bedre.”

“Nej, overhovedet ikke. Jeg har hørt historien.” Svarede jeg, smilede jeg smørret, vidende at jeg havde retten til at gøre dette. Vi kom til havnen, hvor færgen var og gik ind bagi i camperen, for at snakke om hvad vi skulle gøre.

“Hvad med alt andet? Skal vi bare efterlade camperen, og gå ombord på færgen?” Spurgte Ev. Århvi havde jo også den helikopter, som vi skulle gøre noget ved.

“Vi har jo også den helikopter, som vi skal gøre noget ved, så vi kunne slette hvert spor om at vi havde været her.” Jeg mindes.

“Hvor er den? I Perth?” Spurgte Nora, mens hun rejste sig op.

“Ja. Jeg mener bare at vi kan ikke efterlade den…”

“Okay, lad os tage tilbage så… Vi har tid, færgerne sejler hele tiden.” Forsikrede Joker.

“Super.” Svarede jeg, og satte mig tilbage i forsædet. “Men jeg vil sørge for at vi kommer derhen, når man tænker på hvor udmattet i er.”

“Ja, ja… Få os nu bare tilbage til Perth. Ifølge dette kort, er vi i Sydney. Vi skal bare køre omkring 11.200 km tilbage.” Sagde Joker grinende. Jeg vidste han ikke mente det, men det var flere timer vi skulle køre. Vi skulle eksplodere ting nu, eller i hvert slippe af med en ting, og det var han glad for. Jeg vendte vognen forsigtigt og langsomt. Vi holdte lav profil, og da vi kom til Perth efter 4 timer, parkerede vi et sted hvor de ikke ville kunne finde vognen. Vi sneg os alle sammen, og fandt helikopteren efter endnu 4 timer. Jeg kunne ikke huske hvor vi landede dengang, men igen jeg var heller ikke herfra. Jeg kom jo fra England. Det var ikke så hårdt at finde rundt i England, efter jeg var kommet tilbage fra Tyskland, tilbage i 2020. Årh, det var 5 år siden. 3 år efter, vi kom tilbage fra at bo i Tyskland, forlod min far os. Han skulle arbejde for Center of Disease Control i England. Sygdoms kontrollen.

"Sas…" Hviskede Nora. "Er det ikke den der?" Spurgte hun, stadig mens hun hviskede.

"Jo, hvad skal vi gøre?" Svarede jeg med et spørgsmål.

"Måske skulle vi skyde tanken?" Svarede Joker, med endnu et spørgsmål. Der var mange spørgsmål, i forhold til svar.

"Lad os gøre det. Hop ind i helikopteren… Her." Sagde jeg til Simon, og gav ham en nøgle. Han så forvirret ud, men gik stadig ind i den. Jeg fortalte ham stille at han skulle lede efter en pistol. Han fandt en og gav den til mig. Jeg kunne se solen stå op, bag nogle bygninger, og vi gik langsomt væk fra helikopteren. Langt nok væk at vi ikke kunne blive ramt. Jeg pegede min pistol imod tanken, og skød omkring 5 gange før den eksploderede. Efter det begyndte vi at løbe langt væk. Da vi kom til skoven, havde vi ikke kun løbet, men også væltet rundt et par gange. Jeg havde fået en hudafskrabning på mit knæ, og var virkelig svimmel. Jeg fik at vide at jeg skulle slappe af lidt og komme til mig selv. Da jeg havde hvilet i en time cirka, besluttede vi os for at gå tilbage til camperen. Nu var det tid til at komme ombord på færgen, og væk fra dette sted.

“Lad os køre ned af den vej…” Rådede Nora, mens hun pegede til en vej, tæt på havnen.

“Er du sikker på at det er sikkert?” Spurgte Evan.

“Ja.” Svarede jeg, uden at vide om det var sikkert eller ej. Vi kørte gennem barrieren efter den blev åbnet, og blev stoppet af nogle soldater, som ville se ID.

“ID, tak.” Spurgte en med mørkt skæg og blå øjne. Jeg forfalskede en Australsk accent, og kiggede i handskerummet, som om jeg ledte efter ID.

“Vi har ikke noget…” Prøvede jeg. Han kaldte nogen over radioen, og vinkede os videre. Vi var okay. Jeg kiggede på ham, og så forklarede han sig.

“Der er ikke behov for ID, når du snakker Australsk. Havde du ikke snakket vores sprog, eller dialekt om du vil, ville jeg have skudt jer.” Fortalte han, og vi kørte ombord på færgen. England, vi kom nu…

“Hvordan kommer vi til Yorkshire herfra?” Kommenterede Simon efter vi var i sikkerhed.

“Vi tager færgen derhen, og kommer af i en port i England.” Sagde jeg sarkastisk.

“Ja, det ved jeg godt.” Svarede han irriteret. “Måske formulerede jeg mig forkert… Når vi kommer af færgen, hvad så?”

“Så finder vi Nicole’s mor, og så min.”

“OKAY! Lad os finde noget at spise på denne båd..” Grinede Joker. Jeg vidste vi ikke havde råd til noget fint, men vi skulle finde et eller andet. Vi gik rundt på færgen, og så fandt vi brød og vand. Det var bedre end ingenting. Vi ankom til en havn i England halvanden dag senere. Vi gik ind i autocamperen, og kørte til næste passage. Jeg brugte min normale accent her, men de her soldater havde et godt spørgsmål.

"Hvor kommer i fra?" Jeg kiggede i bakspejlet, og så flere soldater komme herhen.

"Vi kommer fra Australien, hvor vi var immigranter. Vi skal ind i Yorkshire, eller rettere tilbage ind, for at finde denne kvinde. Hun er gift med…" Der var jeg nødt til at stoppe. Jeg kunne ikke huske hvad Nicole's far hed.

"Saskia?" Den stemme kunne jeg genkende... Min mor. Ædru, som aldrig før.

"Mor?" Svarede jeg, og kiggede på hende, som hun kom hen imod os.

"Årh det er virkelig dig!" Sagde hun, og tog fat i den hånd jeg havde hængt forsigtigt ud af vinduet. Det var den varmeste September, du nogensinde ville kunne forestille dig.

"Ja... Ved du hvor Nicole Abbott's mor er?" Spurgte jeg smilende, mens jeg vidste at alt blev okay.

"Jeg tror hun er med rådet. Sammen med hendes mand. Hvorfor kigger i efter hende? Hvor er hendes datter egentlig? Hun har spurgt efter hende." Denne gang var det personligt, det gjorde ondt at vide at de havde ledt efter hende.

"Hun er øh… død…" Fortalte jeg hende, mens jeg prøvede på ikke at græde.

"Død? Årh Maureen bliver så ked af det."

"Var de ikke ligeglade?" Spurgte jeg forsigtigt.

"Nej det var de ikke. Maureen og Jack har spurgt hele tiden. Jeg stoppede med alt det dårlige, for at hjælpe dem med at lede efter hende. Familie er vigtigt."

“Ledte i efter mig?” Spurgte jeg igen. Hun nikkede kraftigt, jeg nikkede bare tilbage. Soldaterne tog hende med, stille og roligt dog. Sikkert for at stille spørgsmål, om hvorfor hun lod mig rejse til Australien. Vi kørte videre, og hen til rådet, for at finde Maureen og Jack. De stod heldigvis udenfor og de løb imod mig, da jeg steg ud og krammede mig.

“Hvor er Nicole? Nicole, skat!” Råbte Maureen. Jeg tog hendes hånd, og trak hende stille ind i autocamperen.

“Jeg er nødt til at fortælle dig noget. Det var 100% min fejl. Du kan hade mig hvis du vil, men hun var en risiko for os. Hun døde på grund af en soldat, i Australien." Fortalte jeg, mens jeg  begyndte at klynke.

"Hvordan var hun en risiko? Hvordan?!" Spurgte hun, hidsigt. Sam kiggede kort på hende, og derefter ud af vinduet. Så talte hun.

"Hun gik i seng med en soldat, der kunne have dræbt os alle, hvis hun havde været med."

"Hvorfor kom du hjem Saskia?" Spurgte Maureen. Jeg stønnede i irritation.

“Fordi du fortjener at vide hvad der skete, og jeg vil have historien fortalt.” Hun stormede ud, uden at sige et ord og begyndte at græde. Det var hårdt at vide at hendes datter ikke blev begravet ordentligt. Alt kunne da ikke gå værre nu…

# 10: “England og apokalypsen.”

## Nora

Vi stod i Yorkshire, og lignede små lam, langt væk fra flokken. Sam og Joker sad på jorden, mens Saskia sad under en lygtepæl og røg. Vi ventede på Saskia’s far. Ventede på at han kom ud fra den engelske CDC. Vi havde været i England i omkring 8 timer, og ingen af os havde spist eller drukket noget. Nogle af os brugte cigaretter for ikke at gå sukkerkolde, andre lå og hvilede. Allerede sukkerkolde. Jimmy lå og kørte hænderne igennem hans ikke eksisterende hår. Han var blevet karseklippet. Sam havde ordnet os alle, du ved vores hår. Hun havde klippet vores hår. Mine spidser dog kun, da de var spaltede. Sas havde fletninger før, de var nu klippet om til en afro. Det var ret sjovt at se hende med fuldstændig fyldigt hår. De andre havde fået deres skæg fikset. Vi havde fået en trimmer og en saks fra den her mand i en salon, tæt på camperen. Senere på aftenen, havde vi kigget på, fra afstand mens de havde trukket en brændt offer ud af en bil. En ung pige tog billeder af det, og kom senere hen til os.

“Så ved i hvad der er sket her?” Spurgte hun, mens hun kiggede intenst på os. Nysgerrig.

“Nej overhovedet ikke. Det gav bare et bang, og så gik der ild i bilen.” Jeg vidste dette ikke var enden på det hele. Det måtte have været en bilbombe.

“Årh… Nå noget må have sat det i gang, mumlede hun, mens hun kiggede videre på Saskia. “Fedt hår. Må jeg tage nogle billeder?” Spurgte hun.

“Hvis jeg kan få dit navn?” Svarede Sas, med et smørret grin.

Pigen grinede og nikkede. Hun stak derefter sin hånd ud.

Jeg hedder Caroline. Caroline Jameson. Og du er?" Pigen med lilla hår, spurgte Sas af. Hun havde en ternet skjorte på, lange jeans og sorte tennissko på. Hun så vildt sej ud. Jeg kunne ikke lide piger særlig godt, overhovedet, men jeg kunne se Heath stirre på hende, i lang tid, mens hun ventede på at Saskia svarede hende. Hendes stemme var meget blød, hendes kamera var Cannon, og hun talte med en speciel engelsk accent. Andre accenter var selvfølgelig dårlige, da man kunne dø af at tale anderledes.

"Jeg er Saskia Baxter. Det er Joker, han har et dansk fornavn og efternavn. Jeg kan dog ikke udtale det." Svarede hun grinende, men fortsatte. "Det er Sam, som også har et dansk navn, og som jeg heller ikke kan udtale. Nora Beaumont." Pegede Saskia. Jeg nikkede i enighed. "Og Evan Hendry, Jimmy Irwin, Simon Lewis,  og Heath Nash." Færdiggjorde hun.

"Okay, jeg tror vi er færdige for i dag." Sagde Sam irriteret. Med det kom Saskia's far ud af CDC.

"Årh gud…" Mumlede hun, han kiggede imod og smilede stort,

Han gik i vores retning, og smilede endnu bredere.

"Saskia, er det dig? Med en ny hårstil ser jeg." Anerkendte han.

"Hej farmand." Sagde hun med et lille smil. De krammede og han satte sig ned.

"Har du en mere af dem der?" Spurgte han mens han pegede på hendes cigaret. Sas nikkede, og gav ham en, hun tændte den derefter, og kiggede ned.

"Jeg øh…" Stammede hun.

“Du kom for at se om vi havde en kur mod den her epidemi? Jamen vi lavede den ved et uheld, så det bliver ikke nemt.” Svarede han, uden hun behøvede at stille spørgsmålet.

“I har lavet den?!” Råbte Sam. Joker tyssede på hende, fordi han vidste at hvis der var en der hørte hendes accent, ville de blive dræbt eller arresteret.

“Ja, og vi er alle kede af at det skete. Vi kunne dog ikke forhindre det. Vi blandede ved et uheld en masse ting sammen, som vi ville prøve på mus, men det faldt på gulvet, i en rist, i et vandanlæg, på en eller anden måde. Vi ved ikke selv hvordan. De 'vigtige' folk drak det, og på en eller anden måde, hjernevaskede de alle sikkerhedsvagter, soldater osv, til at dræbe immigranter. Det er hvad der skete for 2 år siden.

"Så hvorfor forlod du os dengang?" Spurgte Sas, mens hun løftede stemmen.

"Jeg gjorde heller ikke det med vilje, jeg skulle kun tjekke noget, men blev nødt til at forlade jer derefter. Jeg sendte dog penge til jer for overlevelse."

"Min kære moder, begyndte at drikke og tage stoffer, kort tid efter." Sagde hun, og hev sin bluse op, for at vise hendes ribben. “Hun begyndte også at slå mig hver dag.”

“Hvad? Hun sagde ikke noget, da jeg mødte hende tidligere. Hun var også ædru.” Svarede han. Nora brølede stille.

“Nicole fortalte os, at hun så og lugtede skidt, da hun kom for at hente jeres datter, dengang.” Fortalte Jimmy.

“Hun må være blevet ædru af en grund.” Konstaterede Heath.

“For at lede efter Maureen og Jack Abbott’s datter.” Forklarede jeg.

“Ja de nævnte at de savnede hende. Ved du hvor hun er?” Spurgte Sas’ far.

“Jeps! I Australien. Skudt to gange i hovedet, og jeg er ret sikker på at hun er død.” Svarede Simon koldt.

“Wauw…” Udbrød hendes far. “De må være virkelig ødelagte. Jeg ved det virker som de er ligeglade, men de har så meget arbejde.”

“Det ved jeg.” Sagde Saskia overbevisende. Hun vidste det egentlig godt. At de elskede hende. Selvom de ikke viste det så tit. Vi rejste os op, for at komme videre. Vi havde den information, som vi troede vi havde brug for. Vi troede det, men det var ikke korrekt.

"Vi ved at vi skal finde en kur…" Begyndte hendes far. "Vi skal finde 4 elementer. 4 mennesker, der har nogenlunde 'normalt' blod… Jeg vil have jer tjekket." Jeg satte mig hårdt ned, og begyndt at hyperventilere. Vi var kaniner. Eller rettere forsøgskaniner.

"Det… Det kan jeg ikke. Jeg er bange for nåle." Løj jeg. At være en læge, og en samarits datter, så var du ikke bange for nåle. Du var bange for at være forsøgskanin.

“Det er okay, hvis 4 af jer, har det blod vi mangler, vil vi transformere små dråber om til, spande eller putte det i sprøjter og injicere alle ‘vigtige’ mennesker i verden. Det vil tage tid at producere, men vi får det gjort. Det er et lille prik i din finger Nora.” Han beroligede hende så meget han kunne, men det hjalp kun da jeg tog hendes hånd, og gned den forsigtigt.

“Jeg vil gerne gøre det og bo her permanent.” Svarede Joker.

“Du er ikke herfra?” Blev han denne gang spurgt. Han rystede forsigtigt på hovedet, og kiggede rundt, mens han gjorde klar til at høre ordet; ‘Soldat’. “Jeg sladrer ikke om dig. Vi gjorde ikke dette med vilje og nu vil vi ende dette engang for alle. Uden at dræbe nogen.” Med det gik der en sirene af. En luftalarm for at være præcis. Nogen bombede England.

“Hurtigt! Vi er nødt til at stikke af.” Råbte hendes far. Vi løb hen til det der CDC. “Sygdomskontrollen, har en lufttæt kælder. Intet kan komme ind, uanset hvad de bomber med.” Forklarede han. Vi nåede derhen, eftersom vi var tæt på og kom indenfor. Da vi kom ind i kælderen, ti minutter senere. Derefter hørte vi et brag. Alt blev stille udenfor. Hvad havde de gang i? “Mit navn er forresten Valentin Baxter.” Han introducerede endelig sig selv. “De har snakket længe om en radioaktiv bombe de ville detonere. Eller noget lignende.”

“Hvad? Er det overhovedet sikkert? De dræber millioner med det!” Råbte Saskia.

“Det ved jeg, men det er derfor der er en luftalarm. For at advare os om katastrofer. Hvis folk er smarte nok, gemmer de sig.” Fortsatte Valentin. Så hvad? Vi skulle sidde og vente på at det var tid til at komme frem? Jeg kunne ikke gøre det. “Der er sikkerhed her et stykke tid og så har vi brug for masker. De er derovre.” Sagde han mens han pegede på en kasse med store bogstaver, der på en måde fortalte os at det var overlevelsesgrej.

“Så vi overlever det her?” Han nikkede efter jeg havde stillet det mest vigtige spørgsmål. Jeg vidste ikke om Saskia ville svare, siden hun gloede væk. Hun rykkede tættere og tættere på kassen.

“Går vi bare derud? Spurgte Jimmy. Valentin bevægede hans hovede i et nik. Vi ventede i hvad der følte som en time, tog derefter maskerne og gik udenfor med dem på. Alt var tilrøget, og så lavede Sas en joke.

“Jeg kunne virkelig godt klare en cigaret.” Sagde hun grinende. Jeg sukkede under masken og vi flygtede gennem det smadrede Yorkshire.

“Du må dælme lave sjov, byen er totalt ødelagt.” Jeg kiggede rundt og så et par stykker der kom ud af bunkere, kældre og lufttætte rum. Nogle bar masker, andre hostede.

“Årh, folk kommer til at dø af dette.” Noterede Evan. Jeg nikkede og studerede byen lidt mere. Nogle måtte have båret nag på England. Jeg var sikker på at hele England var ødelagt nu her.

“Vær søde at hjælpe.” Tiggede en kvinde hostende.

“Det… Det kan vi ikke.” Fortalte jeg hende koldt, men stammede stadig. Og jeg løj ikke. Vi havde været nødt til at efterlade Heath, på grund af manglende masker. Vi kunne ikke tage ham med, det ville bare slå ham ihjel, for hvis det var radioaktivt, ville han ætse op. En langsom og pinefuld død. Efter vi havde gået rundt lidt, i en time eller to, fandt vi en våben forretning. Hvilket tilfældigvis havde masker. Gasmasker.

“Vi kan redde Heath.” Konstaterede Evan. Jeg smilede,

og vidste nu at ham jeg havde forelsket mig i, ikke ville dø.

“SAS!” Råbte jeg.

“Ja?” Hun kiggede kort på mig, og fortsatte med at gå.

“Jeg kan ikke mærke min arm…” Fortalte jeg, mens jeg prøvede at trække vejret. Vi prøvede at overleve, men vi gjorde det ikke så godt. Det var et angstanfald.

“Nora, ikke dø nu!” Bad Sas, mens jeg rystede over hele kroppen. Denne bombning, skræmte livet af mig. Jeg kunne stadig ikke mærke min arm, men der var ingenting at gøre, end at gå tilbage, give Heath masken, og måske overleve.

## Saskia

"Far? Kan vi ikke nok, gå hen og få ordnet det med blodet? Jeg vil have den epidemi sluttet!" Fortalte jeg ham. Han mumlede under en vejrtrækning, og jeg tog en dyb én. Pludselig faldt jeg til jorden. Det virkede som om tyngdekraften ikke kunne holde mig længere.

"Min pige, er du okay?" Spurgte han, mens jeg sukkede dybt, og nikkede.

"Jeg har bare fået en hudafskrabning. Det er alt. Jeg er

ikke en lille pige. Jeg kan falde uden at græde." Sagde jeg, men ved et uheld, klynkede jeg lidt.

"Det kan jeg høre." Svarede han grinende.

"Shhh." Hviskede jeg, uden at vide hvad jeg hørte, men jeg hørte kart noget.

"Hvad?" Spurgte Nora, med en Darth Vader stemme.

"Hørte i det?" Jeg stillede endnu et spørgsmål, uden at vide hvad det var.

“Jeg kan ikke høre andet end hosten, men jeg kan se solskin nu!” Udbrød min far. Jeg kiggede igennem støvet, og hostende mennesker, for at se hvor solens skin landede. Det landede midt i det hele, og med det vidste vi det var ovre.

“Jeg hørte noget eksploderer derovre. Er jeg sikker på.” Brummede jeg. De kiggede på mig, og vi løb til det sted, hvor eksplosionen havde fundet sted.

“Generatoren er nede. Det hele er nede!” Sagde Valentin, mens han tog masken af.

"Far nej!"

"Det er frisk luft skattepige. Der er ingen virus!" Råbte han glad for at det var ovre.

"Far du bløder!"

"Årh det er ingenting. Jeg får næseblod når jeg bliver glad."

"Få fat i Heath, Nora." Fortalte jeg min nye veninde, smilende og glad. Jeg tog min maske af, og hun løb mod sin kærlighed.

"Saskia… Jeg…" Begyndte Evan.

"Ja Ev?" Spurgte jeg.

“Kunne vi måske..” Prøvede han. Jeg kyssede ham som svar. Intet kunne blive værre ved at lade en fyr komme tæt på. I det mindste ville jeg give det et skud.

“Jeg er også forelsket i dig.” Fortalte jeg ham, smilende fra øre til øre.

“Tak!” Sagde han smilende. Jeg tog hans hånd og vi gik imod ingenting, men sammen. Vi skulle også have Nora til et hospital men vi havde tid. Intet var dårligt mere. Joker og Sam kunne bo her, og vi kunne have det godt igen. Alle soldater så normale ud, og det virkede som om alle masker havde faldet. Ingen prøvede at slå os ihjel mere.

“Check radioen.” Sagde Simon.

“Det gør jeg.” Radioen kunne bekræfte at faren var drevet over, i hele verden, Vi reddede den ikke, men en eller anden gjorde.

Forlag: Books on Demand – København, Danmark
Fremstilling: Books on Demand – Norderstedt, Tyskland
Bogen er fremstillet efter on-Demand-proces

ISBN 978-87-4301-308-2